見《み》習《なら》い職《しょく》人《にん》フラピッチの旅《たび》

イワナ・ブルリッチ＝マジュラニッチ
山本郁子 訳
二俣英五郎 絵

小峰書店

読者のみなさんへ

これは、見習い職人《しょくにん》フラピッチが、いろいろな体験《たいけん》をする旅《たび》のお話です。

フラピッチはとても小さく、小鳥のように陽気な子、*英雄《えいゆう》クラリェヴィッチ・マルコのように勇敢《ゆうかん》で、本のようにかしこく、お日さまのようによい子です。だからこそ、さまざまな苦境《くきょう》をうまく切りぬけるのです。

フラピッチの旅は、最初《さいしょ》は子どもの遊びのように楽なものですから、読者のみなさんも、こう思うことでしょう。

「こんな楽な旅に、フラピッチのかしこさや勇気がなんになるの？　ろばに荷車を引かせるのに、そんなに勇気がいるの？　いなくなったがちょうを見つけるのにも、フラピッチの知恵《ちえ》がいるの？」と。

でものちに、フラピッチの旅はだんだんつらく、そして危《あぶ》ないものになってい

きます。そこまでくるとみなさんも、「本当にフラピッチは人にやさしく、かしこく、そして勇気があるからこそ、危《あぶ》ない状況《じょうきょう》から救われるんだ。」と思うようになるでしょう。

そうです。だからついに最後《さいご》には、大きな幸せもやってくるのです。

でもだからといって、みなさんは家出をしたりしないでくださいね。どんな子も、ムルコニャ親方のところでのフラピッチほど、つらい思いはしていないでしょうし、みんながフラピッチのように、旅《たび》で幸せをつかめるというわけではないのですから。むしろ、フラピッチの旅がこんなによい終わりかたをしたことは、だれにとっても驚《おどろ》きでしょう。

それでは、『見習い職人《しょくにん》フラピッチの旅』を、ごゆっくりお楽しみください。

イワナ・ブルリッチ＝マジュラニッチ

＊クラリェヴィッチ・マルコ…詩や民話に登場する伝説化した中世の英雄。

見《み》習《なら》い職人《しよくにん》フラピッチの旅《たび》

【1】ムルコニャ親方のところで

見習い職人《しょくにん》フラピッチ

靴屋《くつや》さんの小さな見習い職人《しょくにん》がおりました。この子には、お父さんもお母さんもいませんでした。名前はフラピッチといいます。

フラピッチはまだとても小さく、小鳥のように陽気な職人でした。すりきれたズボンと赤いシャツを身につけて、靴作り用の小さな椅子《いす》に一日中こしかけ、ブーツにとめ釘《くぎ》を打ちつけたり、靴をぬったりしていました。そして仕事をしながらずっと、口笛《くちぶえ》をふいたり、歌をうたったりしておりました。

フラピッチが働《はたら》く店はムルコニャ親方のもので、この親方は、意地の悪い、おそろしい人でした。小さな部屋の天井《てんじょう》に頭が届《とど》くほど背《せ》が高く、髪《かみ》の毛はライオンのようにぼうぼうで、口ひげは長く肩《かた》までたれています。声は太く大きくて、クマのようでした。

ムルコニャ親方にはむかし、とても悲しいできごとがあり、それからというもの、冷酷《れいこく》な人間になってしまいました。それがどんなに悲しいことだったのか、そのことはこの本のずっとあとの方でわかります。

そういうわけで、ムルコニャ親方は冷《つめ》たくて思いやりがなく、きげんの悪いときは分別《ふんべつ》もなくなり、いつもフラピッチをののしり、どなりつけるのでした。

親方の奥《おく》さんは、とてもいい人でした。奥さんにも、ムルコニャ親方と同じ悲しいできごとが起こりましたが、親方とは逆《ぎゃく》に、その日以来《いらい》、もっと心のやさしい人になりました。そして、フラピッチのことをとてもかわいがりました。

しかし奥さんは、ムルコニャ親方を恐《おそ》れていました。フラピッチに焼《や》きたてのパンを持っていってやるときはいつも、親方に見つからないように、前かけの下にかくしていきました。というのは、フラピッチには古く硬《かた》くなったパンをあたえるように、親方が命じていたのです。でも奥さんは、フラピッチが軟《やわ》らかいパンを喜《よろこ》ぶのを知っていました。

フラピッチのズボンは、すりきれたのが一本と、そしてもう一本、親方の奥さんが緑色の布《ぬの》で作ってくれたものしかありませんでした。親方が奥さんに命じて、自分の緑の前かけを作った残《のこ》りの布で、フラピッチのズボンを作らせたのです。そのズボンをはくと、緑の脚《あし》のカエルだ！　と、ほかの見習い職人《しょくにん》たちがからかうので、フラピッチははくのがいやでした。でもムルコニャ親方は、日曜日にはそれをはくよう命じました。それでも、フラピッチは陽気な子なので、そのズボンをはかなければならないときは、自分からふざけました。カエルのまねをして、ケロケロと鳴いて見せたのです。

ほかの見習い職人たちは、そんなフラピッチを見ると、もうからかったりせず、なかよくいっしょに遊びました。でも、フラピッチが遊んでいるのをムルコニャ親方に見つかると、すぐに家へ連《つ》れもどされてしまいました。

このように、ムルコニャ親方のところでの暮《く》らしは、決して楽しいものではありませんでした。それでも、フラピッチにとってあまりにもつらいあのできごとがなかったら、そのままそこにいたかもしれません。

ブーツ

あるお金持ちの紳士《しんし》が、かわいい息子《むすこ》のために、ムルコニャ親方に小さいブーツを注文しました。

それはお日さまのように輝《かがや》く、とてもすてきなブーツでした。フラピッチはひとりで、そのブーツにとめ釘《くぎ》を打っていました。しばらくして、紳士《しんし》と息子《むすこ》が受けとりにやってきました。ところが、息子がはいてみると、あいにくブーツはきつかったのです。紳士はブーツを受けとらず、お金も払《はら》おうとしなかったので、ムルコニャ親方といいあらそいになってしまいました。紳士はますますブーツを受けとる気も、お金を払う気もなくしてしまいました。

紳士が帰ってしまうと、ムルコニャ親方は激《はげ》しく怒《おこ》りだし、フラピッチにどなりちらしました。

「ろくでなしめ。おまえのせいだぞ！　のらくら者め！　この役立たず！　ブーツがきつかったのは、おまえがいけないんだ！」ムルコニャ親方は激しくどなりました。それからブーツを取りあげると、それでフラピッチの背中《せなか》をなぐりました。

それは、あまりにもひどい仕打ちでした。というのも、ブーツを裁断《さいだん》したのは親方でしたから、きつかったのはフラピッチのせいではなかったのです。ところが、ムルコニャ親方は腹《はら》を立てると、なにが正しくて、なにがまちがっているのかわからなくなってしまうのでした。

親方は、部屋のすみにブーツを投げつけ、奥《おく》さんにいいます。

「あした、そのブーツを火にくべてしまえ。もう二度とそんなブーツは見たくない。」そして獅子《しし》のようにフラピッチの方をふりかえると、大きなこぶしと雷《かみなり》のような声でおどしました。
「ブーツは灰《はい》になってしまうが、おまえにはつぐなってもらうからな、役立たず！」これは、フラピッチがブーツのために、まだたたかれるということでした。

その夜、床《とこ》についたフラピッチは、いつものように口笛《くちぶえ》をふいたりうたったりせず、考えごとをしていました。

フラピッチは、台所のかまどの横に寝《ね》ていました。そこには、わらのマットレスの硬《かた》いベッドと、すりきれた毛布《もうふ》、それに、燭台《しょくだい》がわりにジャガイモにつめた、もう小さくなってしまったろうそくがありました。

わらのベッドに横になり、まだすこしジャガイモから顔を出しているろうそくの火を消すと、フラピッチは考えはじめました。考えに考え、ついに、ムルコニャ親方から逃《に》げ、旅に出ようと決心しました。それはやさしいことではなく、危険《きけん》なことでしたが、それでもフラピッチは実行することにしました。見習い職人《しょくにん》は、思いついたことはどんなことでも実行《じっこう》できるのです。

逃亡《とうぼう》

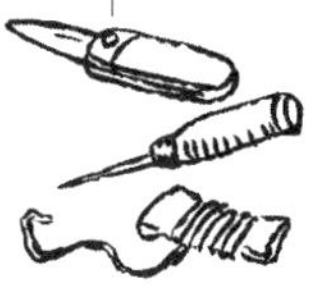

真夜中《まよなか》、なにもかもがぐっすり眠《ねむ》っているころ、フラピッチは起きました。あたりは閉《と》ざされた箱《はこ》のように、真《ま》っ暗《くら》でした。

ねずみのようにそっと台所から出て、こっそり仕事場に入りました。マッチをすると、床《ゆか》のあちこちでなにかがカサカサと逃《に》げていきます。それは夜、革《かわ》をかじるねずみでした。でもフラピッチは、そんなことを気にしていられませんでした。せっせと旅《たび》の準備《じゅんび》をしなければならなかったのです。

まず、紙切れと靴屋《くつや》の長い鉛筆《えんぴつ》をとりました。そして、いつも使っている三本脚《あし》の小さな椅《い》子《す》にこしかけ、手紙を書きはじめました。

ブーツを火にくべるつもりのようですが、ぼくにはもったいない気がするので、これをはきならしに旅に出ます。そうすれば、もうきつくはなくなるでしょう。ほかの見習い職人《しょくにん》たちに、もっとよくしてあげてください。スープややわらかいパンを、もっとあげてください。ブーツはきっと返します。

フラピッチより

ものを書くことがあまり得意《とくい》でなかったフラピッチには、これだけ書くのにも時間がかかりました。字は大きく、洋梨《ようなし》のようにふくらんだ形になってしまいました。

書き終わるとそっと立ちあがり、壁《かべ》にかかっている親方の前かけに、留《と》め金《がね》で手紙をとめました。そしてもういちどすわり、別の手紙を書きはじめました。

奥《おく》さんへ

親切にしてくださったことを、感謝《かんしゃ》しています。ぼくは旅《たび》に出ます。

奥さんのことを思いだし、奥さんがぼくにしてくれたように、みんなを助けたいと思います。

あなたのフラピッチより

そしてもういちど立ちあがり、その手紙を奥さんの前かけに、留め金でとめました。その前かけも、同じように壁にかかっていたのでした。

それから自分の赤いかばんを取り、旅に必要な物をつめはじめました。まず、パンひと切れとベーコンひとかたまりを入れました。これはフラピッチの夕食でしたが、悲しくて食べられなかったのです。

青いハンカチ、靴屋《くつや》の突《つ》き錐《ぎり》、革《かわ》をぬう糸をすこし、そして革の切れはしもすこしかばんに入れました。フラピッチは、小さくても本当の職人《しょくにん》だったのですね。兵隊に銃《じゅう》がなくては困《こま》るように、靴屋は突き錐と糸なしではいられないのです。そしてさらに小さなナイフも入れたので、かばんはいっぱいになってしまいました。

それがすむと、フラピッチは身支度《みじたく》をはじめました。まず、緑のズボンをかけ釘《くぎ》からはずしてはきました。するともうすこしのところで、ケロケロ鳴きだしそうになりました。それほど習慣《しゅうかん》になっていたのです。でも、隣《となり》の部屋《へや》で眠《ねむ》っているムルコニャ親方が目をさまさないように、音を出してはなりません。

それからフラピッチは糸をとり、自分の赤いシャツのひじにつぎをあて、それを着ました。そして、きのうムルコニャ親方を激《はげ》しく怒《おこ》らせた、あのすてきなブーツを部屋のすみからとってきました。

フラピッチはブーツをはくとうれしくなって、思わず口笛《くちぶえ》をふいてしまうところでした。そのくらい、ブーツはフラピッチにぴったりでした。もちろん親方が起きてしまうので、口笛をふいたりはしませんでしたけれど。それから、帽子《ぼうし》をとろうとしました。ところが帽子は、ひどくいたんで汚《よご》れていました。

そこで、ブーツを作ったときに残《のこ》った、光沢《こうたく》のある幅《はば》の広い革《かわ》の切れはしを、帽子《ぼうし》のまわりにぬいつけました。革をぬうなんて、靴屋《くつや》だったらかんたんなことでした。

帽子はお日さまのように輝《かがや》き、フラピッチはそれを頭にのせました。

こうして、旅《たび》の用意ができました。緑のズボンと赤いシャツ、すてきなブーツに輝く帽子、それに、肩《かた》にかけた赤いかばん！　ちょっと変《か》わった軍隊《ぐんたい》の大将《たいしょう》のようです。

フラピッチは、仕事場からそっと庭へ出ました。

庭には、犬のブンダシュが鎖《くさり》につながれていました。フラピッチとブンダシュは大のなかよしだったので、フラピッチはいま、そばに行くのをやめました。フラピッチの後ろでクンクン鳴くのがわかっていたからです。ブンダシュをおいていくのは、フラピッチにとってもつらいことでした。

フラピッチがブンダシュのことを考えていたちょうどそのとき、ムルコニャ親方が部屋《へや》でせきをしはじめました。親方は眠《ねむ》っているとき、よくせきをしました。でも今夜はきっと、フラピッチを思いきりどなったせいで喉《のど》の調子が悪くなり、せきをしたのでしょう。せきが聞こえると、親方が目をさますのではないかと思い、フラピッチはおそろしくなりました。

「さあ逃《に》げろ、フラピッチ！　できるだけ速く！」と心の中で叫《さけ》びました。

運よく門には鍵《かぎ》がかかっていません。フラピッチは飛びだして、道に出ました。

道はまだ真《ま》っ暗《くら》で、まわりの家いえは、天に届《とど》くほど大きく見えます。フラピッチは元気に道を歩きだしました。人っ子ひとりいません。人びとは、まだみんな眠《ねむ》っていたのです。

さあ、とうとうフラピッチは、ムルコニャ親方のところから逃げだしてしまったのです。

【2】旅《たび》の一日目

小さな牛乳屋《ぎゅうにゅうや》

フラピッチは暗闇《くらやみ》の中の道を、歩きに歩きました。街《まち》はそれほど大きかったのです。ムルコニャ親方にもう見つかることがないように、何本もの道をさらに遠くへ行きました。どんどん歩いているうちに、夜が明けはじめ、あたりが明るくなりました。こうして街はずれまでくると、小さな荷車《にぐるま》と小さなロバに牛乳《ぎゅうにゅう》の容器《ようき》をたくさんのせて街に運んでいる、ひとりの老人《ろうじん》に会いました。

荷車もロバもしっかりしていましたが、哀《あわ》れな老人は弱よわしく、腰《こし》が曲がっていました。老人は、四階《かいだ》建ての建物《たてもの》の前に荷車をとめました。その最上階《さいじょうかい》の窓《まど》から外を見れば、沈《しず》みかけた月がまだ見えるほど高い建物でした。

老人はロバをとめると、牛乳のいっぱい入った容器をつかみ、その建物の中へ持っていこうとしました。ところが力がなく、階段《かいだん》の一段目でよろけてしまい、あやうく倒《たお》れるところでした。老人《ろうじん》は情《なさ》けなくなって声をあげ、建物《たてもの》の前の階段にすわりこんでしまいました。

そこへ、緑のズボン、赤いシャツ、すてきなブーツと輝《かがや》く帽子《ぼうし》のフラピッチが現《あらわ》れました。

老人はフラピッチを見ると、驚《おどろ》いて、なげき声もとまってしまいました。

「おじいさん、ちょっとそれを貸《か》してください。ぼくが牛乳《ぎゅうにゅう》を建物の中へ運びます。」とフラピッチ。

「きみはどこからきたのかね。」と老人は、変《か》わったいでたちのフラピッチにたずねました。

フラピッチはムルコニャ親方のことを話したくなかったので、このように答えます。

「ぼくは見習い職人《しょくにん》のフラピッチです。皇帝《こうてい》が、息子《むすこ》のためにブーツをはきならしてくるように、そして帝国内《ていこく》で困《こま》っている人を助けるようにと、ぼくを遣《つか》いに出したのです。」

老人は、その話が本当でないことはわかりましたが、フラピッチのことをとても気に入ったので、もう自分の力のなさをなげいたりせず、それどころか笑《わら》いだしてしまいました。

「何階に運べばいいんですか。」とフラピッチ。

「四階だよ。」と老人。

フラピッチは力持ちでしたから、重い容器《ようき》をつかむと、まるでペンでも持っているかのように、建物《たてもの》へ運びました。

階段《かいだん》はまだ暗く、二階、三階、そしてやっと四階に着きました。四階はとても高いので、窓《まど》から外を見れば、低《ひく》くなった月がまだ見えました。

階段の暗闇《くらやみ》の中に、なにか真《ま》っ黒《くろ》なものが横たわっていました。そしてまるでろうそくの火がともったように、赤いものがふたつ光っています。それは猫《ねこ》の目でした。

「ちょっと頼《たの》むよ。」とフラピッチは猫に話しかけます。「牛乳《ぎゅうにゅう》を運んできたんだけど、案内《あんない》してくれないかなあ。」

猫は喜《よろこ》んでしっぽを持ちあげ、フラピッチの前を走って、ある玄関口《げんかんぐち》まで行きます。

フラピッチが呼《よ》び鈴《りん》を鳴らすと、お手伝いさんが鍵《かぎ》をはずし、戸を開けました。

そのとたん、はでないでたちのフラピッチを見てびっくり！　キャーッと叫《さけ》んで手をたたくと、猫はその声に驚《おどろ》いて、フラピッチの頭に飛びのり、そこからお手伝いさんの肩《かた》へ、そして肩から――ボチャン！　まともに水のいっぱい入ったお鍋《なべ》の中へ！

ああ、このようすを見ている人がいたら、それはそれはおもしろかったでしょう。

猫はニャーと鳴き、水は飛《と》び散《ち》り、鍋はころがり、フラピッチはブーツが濡《ぬ》れないように飛びあがり、お手伝いさんは、窓ガラスがガタガタふるえるほど笑《わら》っていいます。

「ハハハハ！　なんてはでな怪物《かいぶつ》なの。あなたはオウム？　それともキツツキ？　いったいだれなの？」

「どれでもないですよ。」とフラピッチ。「ぼくはフラピッチです。牛乳《ぎゅうにゅう》を運んできたんですよ。おじいさんは力がなくて、階段《かいだん》を上がることができないんです。それにしても、こんなに大声を出さないでほしかったですね。」

するとお手伝いさんは、よけいに笑《わら》いました。

そして牛乳を受けとり、フラピッチが空《から》の容器《ようき》を持って去《さ》ろうとすると、階段の下まで送ろうと、ろうそくを持ってきてくれました。フラピッチのことが気に入ったのです。

するとフラピッチがいいました。

「なぜ毎日、牛乳をとりにおりていかないんですか。いまぼくを下まで送ってくれるんだったら、牛乳をとりにもいけるでしょう。おじいさんは本当に力がなくて、四階まで牛乳を運べないんですよ。」

お手伝いさんは、いままでそんなことに気づかなかったことを、恥《は》ずかしく思いました。そしてフラピッチに、これから毎日自分で牛乳をとりに下までいく、と約束《やくそく》してくれました。

そのおかえしに、旅のとちゅうで花を摘《つ》んで持ってくると、こんどはフラピッチが約束しました。

フラピッチは、道で待つ老人《ろうじん》のところへおりていき、もっと牛乳《ぎゅうにゅう》を配達《はいたつ》しに行かせてくれ、と頼《たの》みました。まだ荷車《にぐるま》はいっぱいだったからです。

老人がやっとうんといったので、フラピッチは小さなロバの手綱《たづな》をとり、牛乳を運びはじめました。かしこいロバは、どの家に牛乳を運べばいいのかちゃんと知っていて、その家の前でとまります。フラピッチはロバのかしこさに驚《おどろ》き、なぜ人びとはこんなにかしこい動物を、馬鹿者《ばかもの》とかとんまとか呼《よ》ぶのか、老人にたずねました。

長年生きてきた知恵《ちえ》のある老人も、フラピッチのこの素朴《そぼく》な質問《しつもん》に、なんと答えていいのかわかりません。

「わしが生まれたときは、もうロバはそう呼ばれていたんじゃよ。」と老人はいいます。

フラピッチには納得《なっとく》がいきませんでした。

「もしぼくがものの書きかたをもっとよく知っていたら、こんなにかしこい動物は、もっといいことばで呼んでやって、馬鹿者とかとんまなんていうのは、それにふさわしい動物にあたえるべきだ、って本に書くのになあ。」

ところがかしこいロバは、人びとになんと呼ばれているかとか、フラピッチと老人がなにを話しているかなんて気にもかけず、とまるべき戸口の前に、つぎつぎととまっていきました。

フラピッチはそのつど、牛乳《ぎゅうにゅう》の入った容器《ようき》をつかみ、風のように速く階段《かいだん》をかけあがりました。

こうして、荷車《にぐるま》はまたたくまに空《から》になり、老人《ろうじん》の朝食用に、小さい容器ひとつが残《のこ》るだけとなりました。

老人は、親切なフラピッチに感謝《かんしゃ》し、おなかいっぱい飲みなさい、といって、おいしい牛乳を分けてくれました。そして、ロバと荷車とともに、立《た》ち去《さ》っていきました。フラピッチも旅《たび》を続けます。

もうすっかり日はのぼっています。

すこし歩くと、街《まち》から出ました。そしてもうすこし行くと、そこにはもう家が一軒《けん》もなく、広い草原と、やぶと木立と、長い道があるだけでした。街はもう見えなくなりました。

「ああ、よかった。」といって、フラピッチは木の下にすわりました。

夕べはすこししか眠《ねむ》れず、いまとても眠かったので、赤いかばんを頭の下にしき、深く生《お》い茂《しげ》った草の中に横になりました。

やわらかい草とはいえ、寝《ね》るにはかなり硬《かた》いのですが、それでもフラピッチは、草の中のウサギのように、安らかに眠《ねむ》りにつきました。

とにかく寝《ね》かせてあげましょう。幸いなことに、ムルコニャ親方から遠く離《はな》れたのですし、さらに幸いなことに、これからの旅で、どんなよいことと、どんな悪いことが待ちうけているのか、フラピッチにはまだわからないのですから。わかっていたら、こんなに安らかには眠らないでしょう。

大きな頭が草の中から現《あらわ》れて

草の中でフラピッチは、長いあいだぐっすり眠りました。
フラピッチの眠っている脇《わき》の道を、たくさんの馬車や、畑仕事に行く村人たちが通りすぎました。馬が道を歩く音や、人びとのおしゃべりや叫《さけ》び、馬車のきしめき、村人が運ぶガチョウのクワックワッという鳴き声など、とてもにぎやかです。
でもよく眠っているフラピッチには、まるで耳に栓《せん》をしているかのように、なにも聞こえませんでした。そして、背《せ》の高い草の中で眠っているフラピッチの姿《すがた》は、だれにも見えませんでした。

こうしてお昼どきになりました。道にはもうだれもいません。

突然《とつぜん》フラピッチは目をさましました。なにかが草の上をはっているような音がかすかに聞こえたかと思うと、だんだん近づいてきます。そして音はどんどん大きくなってきました。なにかがパタパタ走っているようです。するともう、すぐそばで聞こえました！　だれかが苦しそうに、ぜいぜい息をしているのが！

フラピッチにはなにがなんだかわかりませんでした。まだ眠《ねむ》かったので、頭もはっきりしていません。そこで、すこし起きあがろうとしました。

そのときです。すぐそばの草の中から、むく毛の大きな黄色い顔が現《あらわ》れ、フラピッチの方に、長くて赤い舌《した》をつきだしました。

いったいこれはなんなのでしょう！　みなさんだったら、心臓《しんぞう》がとまるほどびっくり仰天《ぎょうてん》したことでしょう。けれどもフラピッチははねおきるや、その大きなむく毛の頭を抱《だ》きしめました。

そう、それはフラピッチの大好《だいす》きな犬のブンダシュだったのです。ブンダシュもムルコニャ親方のところから逃《に》げだし、においをかぎながらフラピッチを追って、こんなに遠くまで走ってきたのです。

ブンダシュは赤く長い舌《した》で、フラピッチの手をなめました。フラピッチは、ずっとブンダシュを抱《だ》きしめていました。

「うれしいよ、ぼくのブンダシュ！」とフラピッチ。

あんまりうれしくて、草の上をふたつのボールのように、ころがったりでんぐりがえしたりしました。そうして充分《じゅうぶん》楽しむと、フラピッチはいいます。

「さあ、そろそろすわって。昼ごはんを食べよう。」

ブンダシュははしゃいで、ハエやキリギリスのあとをとびはねてばかりいました。

フラピッチは草の上にすわり、かばんから、パンとベーコンと小さなナイフをとりだしました。それから十字*を切り、帽子《ぼうし》をぬぐと食べはじめました。ベーコンをひと切れ自分の口に入れると、もうひと切れをブンダシュに投げてやります。ブンダシュはひと切れひと切れを宙《ちゅう》で受けとり、同時に飲《の》みこみました。

それからフラピッチは、パンをひと切れ自分のために切り、もうひと切れをブンダシュに投げてやりました。ブンダシュはパクッと上手《じょうず》に受けとります。そうしているうちに、パンはすぐになくなってしまいました。

フラピッチとブンダシュは、あっというまに昼食を終えました。そして立ちあがり、さらに

＊十字を切る…神さまにいのるしぐさ。

遠くへ出発します。
暑さの中を、白くてほこりっぽい道が、長くのびていました。

青い星のついた家

長いあいだ、フラピッチとブンダシュは、楽しく道を歩きました。ところがとうとう、足の裏《うら》が焼《や》けるように熱くなってしまいました。
ちょうど、粗末《そまつ》な小さい家のところにさしかかりました。つぎはぎだらけで傾《かたむ》いているその家には、小さな窓《まど》がふたつありました。そして窓の下には、青い色で大きな星が描《えが》かれていました。その星は、ずっと遠くの方からも見え、家全体がこの星のせいで、笑《わら》っているおばあさんのように見えました。
家の中からは、激《はげ》しい泣《な》き声が聞こえてきました。フラピッチはどうしたんだろうと思い、困《こま》っている人を助けるために旅《たび》に出る、といったことを思いだしました。そこで、家に入ってみることにしました。
部屋の中では、マルコという名の少年が、長椅子《ながいす》にすわって泣いていました。フラピッチぐらいの年の子ですが、草地でガチョウが二羽いなくなってしまった、といって泣《な》いているのでした。最大《さいだい》の不幸《ふこう》とはいえないかもしれませんが、少年にしてみれば、どれほど大変《たいへん》なことだったでしょう。マルコにはお父さんがなく、お母さんとの生活は貧《まず》しかったので、ガチョウをとても大切にしていました。ガチョウは、一羽三百クルーナ*もの価値《かち》があったのです。

フラピッチが緑のズボン、赤いシャツ、すてきなブーツで部屋《へや》に入っていくと、マルコはびっくりして口を大きく開け、泣き声もぴたっとやみました。

「なぜきみはそんなに泣いているの?」とフラピッチはマルコにたずねます。

「草地で、ガチョウが二羽いなくなってしまったんだ。」とマルコは答え、前よりももっと激《はげ》しく泣きだしました。

「だいじょうぶだよ。」とフラピッチ。「見つかるよ。さあ、さがしにいこう。」

ブンダシュとフラピッチとマルコは、ガチョウをさがしに出かけました。

近くには大きな川があります。そのそばで、マルコはいつもガチョウを放《はな》していたので、そこへブンダシュとフラピッチを連《つ》れていきました。フラピッチはいままで街《まち》に住んでいたので、こんなに大きな川は見たことがありませんでした。水辺《みずべ》には大きなやぶがあり、遠く離《はな》れた向《む》こう側《がわ》の岸のそばには、細い木の枝《えだ》えだが水の中から出ていました。

*クルーナ…むかしのオーストリア=ハンガリーのお金の単位。

そこまでくると、マルコはまた泣《な》きだしました。

「エーン、エーン！　ぼくのガチョウは絶対《ぜったい》に見つからないよ！」マルコがあまり激《はげ》しく泣いたので、フラピッチは青いハンカチをかばんから出して、涙《なみだ》をふくように貸《か》してやらなければなりませんでした。

フラピッチにも、こんな大きな川のそばで、小さな二羽のガチョウなんか見つかりっこないように思えました。でもマルコを悲しませないように、そんなことはいわず、やぶの中でいっしょにガチョウさがしをはじめました。ブンダシュはさんざん走り、においをかぎまわると、フラピッチたちのまわりでほえだしました。そしてその声は、だんだんけたたましくなっていきました。

とつぜんブンダシュは走りだし、水に飛《と》びこみ、大きな川の向《む》こう岸《ぎし》へ泳いでいきます。

「ブンダシュ！　ブンダシュ！」フラピッチが叫《さけ》びましたが、ブンダシュは気にせず、頭をふるわせ、必死《ひっし》に向こう岸へ泳いでいき、水から出ている枝《えだ》のあいだに姿《すがた》を消してしまいました。

ブンダシュがいなくなってしまった、とフラピッチは思いました。見つからなくなったら、フラピッチはきっと泣いてしまうでしょう。でもハンカチをマルコに貸していたので、フラピッチはいま、泣くことができません。それに泣いているひまもありませんでした。川の向こう岸《ぎし》のやぶの中から、羽をバタバタさせる音と、騒《さわ》がしいクワックワッという声、そしてもっと激《はげ》しく犬のほえる声が聞こえてきたのです。

マルコのガチョウです！　ブンダシュがさがしまわり、向《む》こう岸のやぶの中で見つけたのです。そんなところにはもちろん、マルコもフラピッチも行けるはずがありませんでした。

ブンダシュがガチョウをこちらの方へ追ってくるのを見ると、マルコはうれしくて飛《と》びあがりました。ガチョウは泳ぎながら、くちばしを大きく開けて、きげん悪そうに鳴きました。ブンダシュはガチョウのあとを泳ぎ、同じようにきげん悪そうにほえました。

しかしすべてがうまくいき、ブンダシュはぶじに、マルコとフラピッチのところまでガチョウを連《つ》れてきて、元気よく水からあがりました。

「おまえは利口《りこう》だな！　お金が手に入ったら、十クルーナ分のソーセージを買ってやるからな。」

とフラピッチはブンダシュにいいます。

それから、一羽のガチョウをマルコが、そしてもう一羽をフラピッチがつかまえ、脇《わき》に抱《かか》えて家に向かいました。ふたりとも大変《たいへん》きげんよく、陽気な小鳥のように、口笛《くちぶえ》をふき鳴らしながら歩きました。

歩きながら、マルコはフラピッチにいいます。

「ブンダシュは、なんて大きな頭をしているんだろう。」

「だからこそ、こんなに利口《りこう》なんだよ。」とフラピッチ。「きみもこんなに頭が大きかったら、ブンダシュなしでガチョウを見つけられただろうにね。」

そうしているうちに、マルコの家に着きました。お母さんはもう帰っていて、フラピッチがここに泊《と》まるのを許《ゆる》してくれました。ブンダシュがガチョウをさがしだしてくれたのが、うれしかったのです。こんなふうにして、ブンダシュはさいしょの寝場所《ねばしょ》を手に入れてくれました。

もう夜になっていました。マルコとフラピッチが家の前の大きな石にこしかけると、大きな木のスプーンが渡《わた》され、はなやかな色のどんぶりに、牛乳《ぎゅうにゅう》を注いだとうもろこしのおかゆを入れてもらいました。

夕食を食べながら、フラピッチはマルコにたずねました。

「だれがあの青い星を家に描《か》いたの？」

「ぼくだよ。」とマルコ。「かあさんが部屋にペンキを塗《ぬ》っているとき、同じ色をすこしもらって星を描いたんだ。ぼくのガチョウに、家の見分けがつくようにね。でもいま、それはむだなことだった、ってわかったよ。家に星があろうがなかろうが、ガチョウは川の向《む》こうへ行ってしまうんだからね。」

でもフラピッチは、その星をしっかりおぼえておきました。この本を読んでいるみなさんも、忘《わす》れないでくださいね。このことは、フラピッチにつらい日びがやってきたとき、とても重要《じゅうよう》になるのです。

こんなふうに話しながら、マルコとフラピッチは夕食をとりました。そしてブンダシュも、とうもろこしのおかゆをもらいました。そのあと、みんなは寝床《ねどこ》に行きました。

もちろんフラピッチは、部屋《へや》の中でも、ベッドで寝たわけでもありませんでした。小さな家の中にはフラピッチが泊《と》まる余裕《よゆう》がなかったので、牛小屋で寝たのです。

庭には小さな古い牛小屋があり、屋根裏《やねうら》には干草《ほしくさ》がありました。

フラピッチははしごを上り、小さな穴《あな》から屋根裏にはいあがらなければなりませんでした。上がってしまうと、さかさまになって穴から頭をつきだし、大声でいいました。

「おやすみなさい！」

庭にはもうだれもいませんでした。月のない夜だったので、庭が大きな黒い穴のように見えました。見上げると、空にはフラピッチがいままで見たことがないほど、たくさんの星がありました。

それからフラピッチはすてきなブーツを脱《ぬ》いで、それをきれいにふいてから、干草の中に横になり、眠《ねむ》りにつきました。

牛小屋の前では、ブンダシュが眠っていました。牛小屋の屋根裏《やねうら》ではフラピッチが、そして牛小屋の中では、きれいなまだらの牛が眠っていました。

これがフラピッチの旅《たび》の一日目で、ぶじに終わりました。

でも、二日目がどんな日になるのかは、だれにもわかりません。

【3】旅《たび》の二日目

フラピッチと石切工《いしきりこう》

早朝、雄鶏《おんどり》がコケコッコー、ガチョウがクワックワッと鳴き、さらに牛の首についたベルの音がひびきます。またブンダシュまでも、フラピッチが見えないので、ほえてみたりクンクンいったり。

それはそれは騒《さわ》がしかったので、フラピッチは目をさまし、さいしょは動物園にいるのかと思いました。田舎《いなか》では毎朝起こるあたりまえな騒ぎなのですが、街《まち》に暮《く》らすフラピッチは知らなかったのです。

目をさましたフラピッチは、ブーツをはき、屋根裏《やねうら》からはしごをおりました。マルコのお母さんにお礼をいうと、お母さんは大きなパンとゆで卵《たまご》を三つ、フラピッチに持たせてくれました。

フラピッチとブンダシュは、さらに旅《たび》を続けます。こんな平和な朝はこれっきりになりましたが。

しばらくのあいだ陽気に、なにごともなく歩いていると、道にすわり、長いハンマーで石をたたいている人びとのところへきました。石のかけらが目に入らないように、大きな黒い眼鏡《めがね》をかけている人《ひと》たちもいました。そんなことは気にせずに眼鏡をかけていない人たちは、陽気に歌をうたっていました。

フラピッチは、この眼鏡をかけていない人たちの方が気に入り、いっしょにうたおうとかけよりました。陽気な人たちというのは、みんな同じような歌をうたいます。だからフラピッチも、この人たちの歌をよく知っていました。

歌いおわると、この道を旅するのは楽かどうか、フラピッチは石切工《いしきりこう》にたずねました。いつも道にすわり、旅人をたくさん見ていたので、この人たちにはよくわかっていました。

石切工のひとりが答えます。

「しっかりした靴《くつ》と堅《かた》いこぶし、それによい頭を持つ者は、楽に旅をするだろう。」

「持っていない人は？」とフラピッチがたずねます。

「そいつにとっても楽だろう。というのは、さいしょの村でもう旅がつらくなって、家に引きかえすことになるからだよ。」という答え。

そこでフラピッチは、旅《たび》を続けようと立ちあがりました。ところが出発まえ、思いがけないことが起こり、みんなをおおいに笑《わら》わせました。

どこからか、とても小さなまだらの子牛がやってきたのですが、どこへ行っていいのかわからないようすでした。子牛というのは、あてもなく歩くものなのです。小さなまだらの子牛は、フラピッチを見ると、ただちに戦いを挑《いど》みました。まだらの頭を傾《かたむ》け、フラピッチを打《う》ち倒《たお》そうととびはねます。

「ワー、やれやれ！」石切工《いしきりこう》たちはおもしろがります。「ちょうどいい勝負だね。」

「体の大きさは同じくらいだけど、いい勝負じゃないよ。」といって笑ったフラピッチは、そでをまくりあげ、子牛の挑戦《ちょうせん》を受けます。
二、三回、バシッバシッ、ドンドンという音がしました。フラピッチは堅《かた》いこぶしでたたき、子牛はまだらの頭でぶつかりました。
子牛は、フラピッチにもっと強くぶつかっていこうと、後ろにぴょんと下がり、はずみをつけます。

「さあ、どんとこい！」とフラピッチ。

子牛は頭を傾《かたむ》けたかと思うと、フラピッチがさっと身をかわしたので、フラピッチの横へ突《とっ》進《しん》。そして――あれよ、あれよというまに、道の脇《わき》の溝《みぞ》へまっさかさま！　かぼちゃのようにころがってしまったのです。

フラピッチは両手でひざをたたき、子牛が溝の底《そこ》でもがいているのを見て笑《わら》いました。子牛は細い脚《あし》で立ちあがると、まだらのしっぽを持ちあげ、お母さんのいる方向を思いだして逃《に》げていきました。

フラピッチと石切工《いしきりこう》たちは、子牛の後《うし》ろ姿《すがた》を見て、大笑いしました。フラピッチは赤いそでを下ろしていいます。

「まえに、靴屋《くつや》の暦《こよみ》を読んだとき、こう書いてあったよ。『馬鹿者《ばかもの》がかしこい者と戦《たたか》おうとしても、戦いにはならない。』ってね。」

そのあとフラピッチが別《わか》れを告《つ》げると、石切工たちはいいました。

「気をつけてな。おまえのブーツはしっかりしてるし、よい頭と堅《かた》いこぶしを持っているのを、いま見せてもらったよ。」

これを聞いてフラピッチはうれしくなり、さらに先へと進みました。

この日は大変《たいへん》蒸《む》し暑《あつ》かったので、夕方はきっと雷雨《らいう》になるでしょう。

黒い男

その日の夕方近く、フラピッチはまだ道を歩いていました。その日はもう、村をひとつ越《こ》えていたのですが、ムルコニャ親方のいる街《まち》からできるだけ遠くへ逃《に》げたかったので、その村では休まず、旅《たび》を続けていたのです。

フラピッチは歩きに歩きました。そして夕方になり、急に強い風がふきだしたかと思うと、空が光り、雷《かみなり》が鳴りだしました。はじめのうちは、遠くからかすかに雷が聞こえていたのが、だんだん近くなって、大きな音になりました。

まるで鉄の車が空を走っているかのように、ガラガラとすごい音がしました。ブンダシュは雷をこわがって、フラピッチのところへきて縮《ちぢ》こまってしまいました。

「たいしたことないよ。」とフラピッチはいうと、さらに歩きました。するともっと鋭《するど》い光が走り、遠くで雷の落ちた音がしました。ブンダシュはこわくてふるえていましたが、フラピッチはいいます。

「たいしたことないったら。さあ、行こう。」

風が激《はげ》しくふいているので、帽子《ぼうし》が飛《と》ばされないように押《お》さえていなければなりません。するといつのまにか真《ま》っ黒《くろ》な雲が空をおおい、夜のように真っ暗になってしまいました。雷《かみなり》が光るときだけは、まるで空全体に火が燃《も》えているように見えました。

大粒《おおつぶ》の雨が降《ふ》りだしました。

「さあ、どこかで雨やどりできないかな。」フラピッチはなによりもブーツのことを心配していいました。あたりを見まわしましたが、雨やどりできそうなところはどこにもありません。まわりじゅう原っぱと木ばかりで、家もなく、人もいなかったのです。

ブンダシュとフラピッチがいっしょだったのは、本当にいいことでした。あるときはブンダシュが、またあるときはフラピッチが頭を働《はたら》かせ、いつもおたがいに助けあうことができました。

今回はブンダシュが頭を働かせました。この道には橋があり、ブンダシュはフラピッチをその橋の下へひっぱっていきました。

「おまえは本当に利口《りこう》だな。」とフラピッチはいって、ブンダシュを橋の下に入れてやりました。

フラピッチが自分も橋の下に入りこもうとしたとたん、ぎょっとしました。

これに驚《おどろ》かない人がいるでしょうか！　橋の下には、長い黒いコートを着て、頭には破《やぶ》れた帽子《ぼうし》をかぶった男がすわっていたのです。ブンダシュは、男に向《む》かって激《はげ》しくほえましたが、こんどはフラピッチの方が、ブンダシュよりかしこくふるまいました。いつも人には親しみ深く、礼儀《れいぎ》正《ただ》しくしていなければいけない、ということを、こんなときにも思いだしたからです。

そこで、ブンダシュに静《しず》かにするようにいうと、男にあいさつしました。

「こんにちは。」

「やあ。」と男は答え、「どこからきたんだね。」

「外は雨が降《ふ》っていて、ぼくのブーツが心配だったんです。ぼくとブンダシュがここにいてもいいですか。」とフラピッチはたずねます。

「いてもいいさ。」と男はいいます。「でもここは、そんなにいいところじゃないよ。」

橋の下は本当にせまくて、いごごちが悪いのでした。ここでは立っていることができないので、すわるか、しゃがむかしかなかったのです。

風がふき荒《あ》れ、雹《ひょう》の混《ま》じった雨が、金槌《かなづち》でたたいているかのように橋をうち、ものすごい雷《らい》鳴《めい》でおたがいのいうことが聞こえないので、橋の下では話ができません。

こうしてフラピッチとブンダシュ、そして黒い男は、橋の下にうずくまっていました。

ブンダシュは絶《た》えず、男に向かってうなっていましたが、フラピッチにもいごこちがよくありませんでした。フラピッチは、ブンダシュとだけ橋の下にいたかったのです。

雨は長いあいだ降《ふ》りつづき、雷《かみなり》もあいかわらず鳴っています。もう夜になっていました。

「今夜はここで寝《ね》なきゃいけないな。」と男がいいます。

フラピッチも確《たし》かにそうだと思いました。外はどしゃ降《ぶ》りで、どこにも行けそうにありません。

橋の下には、まえにもそこでだれかが寝たかのように、わらが置《お》いてありました。

フラピッチはわらをしいて、自分と男のためにベッドを作ります。

そしてブーツを脱《ぬ》ぎ、よくふいてから自分の隣《となり》に置きました。それから、かばんを頭の下にしいて、わらの上に横になります。

男もコートを丸め、わらの上に横になります。

フラピッチが「おやすみなさい。」というと、男も「おやすみ。」と答えました。

フラピッチは祈《いの》りをとなえて十字を切ります。

そしてすこし頭を起こし、男が十字を切るかどうか見てみました。しかし男は寝返《ねがえ》りを打っただけで、狼《おおかみ》のようないびきをかきはじめました。

これを見たフラピッチは、もういちど十字を切らずにはいられませんでした。橋の下はちょっと寒かったので、ブンダシュを抱《だ》き、静《しず》かに眠《ねむ》りました。

これがフラピッチの旅《たび》の二日目でした。そんなに楽しいことばかりではありませんでしたが、どんな旅にも苦難《くなん》があるものです。フラピッチは明日またブーツをはいて、さらに遠くへ行くのを楽しみにしていました。いろいろありましたが、それでもやはり気分よく寝《ね》ました。

【4】旅《たび》の三日目

大きな悲しみ

こうして、ブンダシュとフラピッチと黒いコートの男は、橋の下に寝《ね》たのでした。ところが、夜中に突然《とつぜん》ブンダシュがうなり、ほえだしました。フラピッチはとても眠《ねむ》かったので、ブンダシュをぎゅっと抱《だ》きしめていいました。

「静《しず》かに、ブンダシュ！」ブンダシュはそれで静かになり、みんなはもういちど眠りにつきました。

フラピッチが目をさますと、もう明るくなっていました。そして、あの黒いコートの男はいなくなっていました。フラピッチが眠っているあいだに行ってしまったのです。フラピッチはほっとして元気よく起きあがり、ブーツをはこうとしました。

ところが、さあ大変《たいへん》！　ブーツがないのです。わらの中も、下もさがしましたが、どこにもありません！　ないのです！　本当にありません！　あの男が持っていってしまったのです。

「ああ、なんてことだ！」フラピッチはため息をつきました。悲しくなって、両手を堅《かた》く組みあわせ、考えこんでしまいました。

だれだって、あんなすてきなブーツを盗《ぬす》まれたら、泣《な》きだしてしまうでしょう。はだしで長い旅《たび》に出なければならないとしたら、なおさらです。

でも、フラピッチは泣きませんでした。しばらく考えていましたが、とつぜん立ちあがり、ブンダシュを呼《よ》んでいいます。

「さあ、ブンダシュ、あの男をさがしに行こう。たとえ十年かかってもさがしだして、ブーツを取りもどすんだ。たとえ、王宮《おうきゅう》の煙突《えんとつ》につるしてあったとしても。」

そういってフラピッチは、ブーツをさがしにはだしで出発しました。

それは、フラピッチの予想《よそう》もしなかったような体験《たいけん》のはじまりでした。

ブーツをさがすのは、けっしてかんたんではありません。国はあまりにも広く、黒い男がブーツをかくせる場所など、どこにでもあるのですから。

旅《たび》のとちゅうの女の子

こうしてフラピッチは歩きました。まるで登校中の小学生のように見えましたが、そうではなく、ブーツをさがしに旅をしているのでした。学校へ行くような、気楽なものではありません。

三十分も歩いたころ、前の方に、小さな女の子が見えました。

女の子は髪《かみ》をたらし、肩《かた》には緑のオウムをのせていました。この子も旅をしていたので、急ぎ足で歩いていました。手には、赤いスカーフでくるんだ包《つつ》みを持っていました。包みには、ドレスなどの衣類《いるい》や、そのほかにもいろいろなものが入っていました。

この女の子はあるサーカス団《だん》の子で、名前をギタといいました。ちょっと変《か》わった名前ですが、サーカスには変わったことがたくさんあるものです。

フラピッチには遠くからでも、ギタがとても美しく見えました。というのは、銀《ぎん》のリボンで縁取《ふちど》りをした、青いドレスを着ていたからです。ドレスはかなり着古していましたが、そんなに気になることではありません。そして、金の留《と》め金《がね》のついた白い靴《くつ》をはいていました。靴もかなり古く、修理《しゅうり》した跡《あと》がありましたが、これだってそんなに気になることではありません。

フラピッチには、やはりギタが美しく見えて、この子に追いつこうと急ぎました。

「おはよう!」やっと追いついたフラピッチはいいます。ところがびっくり! 返事をしたのはギタではなく、オウムだったのです。

「おはよう! おはよう! おはよう!」

オウムは三回も「おはよう」をくりかえしました。なんでもこの調子で、ギタがくちばしを押《お》さえてしまわなければ、いつまでも飽《あ》きることなく「おはよう」をいいつづけたでしょう。

やっとギタとフラピッチは、話をはじめることができました。

ギタはフラピッチに話しました。病気だったので、サーカスの団長《だんちょう》が、自分をある村へおいていったのだと。団長は、元気になったらあとからくるようギタにいって、サーカスの団員《だんいん》たちとともに、村ふたつ、そして町ひとつ越《こ》えて、三つ目の村に行ってしまったのでした。

「いま、三つ目の村へ歩いていくとちゅうなの。」とギタがいいます。「あんまり遠くて、いやになってきちゃった!」

「ぼくも旅《たび》のとちゅうなんだ。」とフラピッチ。「さあ、いっしょに行こう。」

ギタも「行きましょう。」といって、また歩きだしました。「あたし、とっても悲しいの。今朝、井戸《いど》へ水を飲みに行っているあいだに、道に置いておいた箱《はこ》が盗《ぬす》まれてしまったの。箱には、いろいろなものが入っていたのよ。金のイヤリングだって入っていたんだから。」

「ぼくもブーツを盗《ぬす》まれたんだよ。」とフラピッチ。「気を落とさないで。イヤリングとブーツを見つけだすんだ。さあ、先へ行こう。」

「行きましょう。」ともういちどギタ。「でもあたし、おなかがとってもすいているの！」

「ああ、やれやれ！」とフラピッチは心の中で思いました。「女の子といっしょにいると、大《たい》変《へん》だなあ！　いま悲しがっていたかと思うと、こんどはおなかがすいたとは。」

それでもギタのことをますます気に入ったフラピッチは、こんどは声に出していいます。

「村で仕事を見つけよう。そうすれば、おなかも満《み》たされるだろう。農家の手伝いをするとしたら、どんな仕事がきみにはできる？」

フラピッチがたずねると、ギタは自慢《じまん》げにこう答えます。

「あら、あたしはなんでもできるのよ。乗馬はできるし、馬の上に立つこともできる、輪《わ》をとんでくぐり抜《ぬ》けることもできるし、十二個《こ》のりんごでお手玉もできるし、それから、とっても厚《あつ》いガラスのコップをかみくだいて、食べてしまうこともできるし、それからまだまだほかにも、サーカスでやることはいろいろできるわ。」

これを聞いたフラピッチは、おなかを抱《かか》えて笑《わら》いだしました。あんまり笑ったので、頭から帽子《ぼうし》がずり落ちてしまいました。

「その、きみにできることっていうのはみんな、どこへ行ってもまったく役に立たないよ。もしりんごでお手玉したり、コップをかみくだいて飲《の》んだら、だあれもきみを使ってくれないよ。」

ギタはむっとしました。そこでフラピッチは、かばんからパンのさいごのひと切れを出して、ギタにやりました。それから村での仕事をさがしに、またいっしょに出かけました。

片側《かたがわ》をフラピッチが歩き、もう片側をギタが、そして真《ま》ん中《なか》をブンダシュが歩きました。ギタの肩《かた》にはオウムがのっていました。これはとても色とりどりの、変《か》わった一行でした。

干草《ほしくさ》の畑で

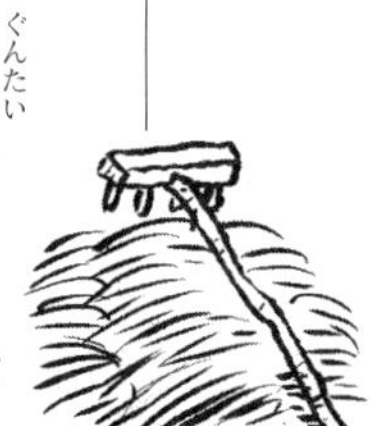

フラピッチがとちゅう、とてもじょうずに口笛《くちぶえ》をふくと、みんなの歩調が軍隊《ぐんたい》のようにぴったりと合い、せっせと歩けました。それであっというまにさいしょの村に着いてしまいました。
そこには、手伝いの人びとを大勢《おおぜい》使って草を刈《か》っている、ひとりの農夫《のうふ》がおりました。
フラピッチは農夫に近づいてたずねます。
「お手伝いさせてもらえますか。」

農夫は驚《おどろ》きました。というのも、フラピッチとギタはとても小さいばかりか、やけにはでな格好《かっこう》をしていて、さらにオウムと犬まで連《つ》れていたからです。

「きみたちが手伝うというのかね。」と農夫《のうふ》がたずねます。

「ええ、なにも知らないけど、どんなことでも進んで覚《おぼ》えます。」

この答えが、農夫には気に入りました。ギタとフラピッチのような手伝いははじめてでしたが、雇《やと》うことに決めました。そしてふたりに、刈《か》った草をひっくりかえすようにいいました。できるだけ早く草が乾《かわ》くように、農夫はたくさんの手伝いを雇っていました。手伝いの人たちはちょうど朝食をとっており、ギタとフラピッチに、ベーコンとパンをくれました。

おなかいっぱい食べてしまうと、みんなは仕事に出かけました。ギタはオウムと包《つつ》みを木の枝《えだ》の上に置《お》きました。

フラピッチとギタは、大きな木のフォークを渡《わた》され、干草《ほしくさ》をひっくりかえし、山に積《つ》まなければなりませんでした。

フラピッチはとても精力的《せいりょくてき》に働《はたら》き、仕事をたくみにこなしていったので、干草が羽のようにまわりに飛《と》び散《ち》っていました。

ところがギタは、仕事をなまけていました。サーカスでは、こういう仕事はなにひとつ習わなかったので、退屈《たいくつ》になってきたのです。

二、三回フォークをふりまわして、なんとか傾《かたむ》いた干草《ほしくさ》の小山を作ったかと思うと、さっとその上にすわってしまいました。

「フラピッチ、暑《あつ》いわ。」とギタはいいだします。でもフラピッチは耳を傾けず、仕事を進めていました。

「フラピッチ、またおなかがすいたわ。」しばらくして、またギタがいいました。

フラピッチは、こんども答えずに働《はたら》いていました。まるで箱《はこ》の中のたばこのように干草をきれいに並《なら》べて、塔《とう》のように大きな山を三つ作ってしまいました。ギタはフラピッチが答えないのに腹《はら》が立ち、ますます退屈になってきました。

そこで、腹立たしげにフォークをふりまわしたり、地面に打ちつけたりしました。それから熊手《くまで》をとり、とても乱暴《らんぼう》に草をひっかいたので、あっというまに歯が三本折《お》れてしまいました。さあ、いよいよ怒《おこ》って、こんどは乾《かわ》いた草と採《と》りたての草を、お鍋《なべ》の中のおかゆのように、混《ま》ぜこぜにしてしまいました。このようすを見ていた農夫《のうふ》は思いました。

「こんな手伝いはいらない。働かないやつは、食べる必要《ひつよう》もないんだ。」

そして、地面から長い枝《えだ》の鞭《むち》をとり、ギタを追いはらいに行きました。農夫《のうふ》というのは、なまけている手伝いには、いつもそうするものなのです。

ちゃんと働《はたら》かないのなら、草を刈《か》ったりしない方がいいのです。刈らなければ、草はのび放題にのびるので、なまけ者がその中に隠《かく》れて、一日中眠《ねむ》るのにはちょうどいいですからね。

農夫が鞭《むち》を持ってやってくるのが、ギタには遠くから見えました。さあ大変《たいへん》。ギタはこわくなりました。そこで急いで熊手《くまで》を投《な》げ捨《す》て、茂《しげ》みの中へ、りすのようにすばしっこく逃《に》げてしまいました。

やはり遊ぶのが大好《だいす》きなブンダシュは、すぐにギタのあとを追いかけます。

茂みには、手伝いの人たちが飲み水を運ぶのに使う、とても小さな荷車《にぐるま》がありました。その荷車の後ろに、ギタはブンダシュといっしょにかくれました。

「もう出てこなくていいぞ!」ギタが姿《すがた》を消した方に向《む》かって、農夫が叫《さけ》びます。

こうしてギタは、仕事をやめてしまいましたが、さあ、サーカスにいたギタの頭には、どんな考えが浮《う》かぶのでしょう。

フラピッチはこのことを一部始終《いちぶしじゅう》見ていましたが、なんだか納得《なっとく》できませんでした。仕事をしながらこう考えました。

「だれも仕事を教えてやらなければ、仕事がわからないのは当然《とうぜん》だから、ギタが悪いんじゃない。いっしょに旅をしているからには、ぼくがギタのめんどうをみなければ。夕食も半分分けてやろう。」

人のいいフラピッチはそう考え、仕事を続けました。自分とギタふたり分の夕食がもらえるように、手際《てぎわ》よく、陽気に一日中働《はたら》きました。

ギタとブンダシュとオウムは、ずっと姿《すがた》を現《あらわ》しませんでした。きっとブラックベリーとイチゴを食べて、昼食にしたのでしょう。でも、一日なにをしていたのでしょう。――そのことは夜、わかります。

それは、特別《とくべつ》な夜というわけではありませんでしたが、ひとつばなしになるような楽しい夜でした。楽しむというのは、どんな人にとっても大切なことですよね。

ショー

夜、仕事が終わると、手伝いの人たちはみんな夕食の席《せき》につきました。テーブルは樫《かし》の木の下にあり、とても大勢《おおぜい》いたので、五メートルもの長さがありました。農夫《のうふ》の奥《おく》さんは、豆の入った大きなどんぶり四つと、ジャガイモの入ったもっと大きなどんぶりを三つ運んできました。

フラピッチはテーブルについて、ほかの手伝いの人たちといっしょに夕食をとっていました。

そしてどうやってギタをさがしだし、夕食に連《つ》れてこようかと考えていました。

そのとき、茂《しげ》みの中から小さなラッパの音がしました。

手伝いの人たちがそちらの方をふりかえると、思いがけず見えたものの美しさに見とれてしまい、みんなの手から次つぎとスプーンが落ちました。

茂みのあいだの道に見えたのは、それはそれはすてきなものだったのです。

小さな荷車《にぐるま》に、金のドレスを着たギタが乗っていました。全体を花で飾《かざ》った荷車は、ブンダシュにつないでありました。ひもや手綱《たづな》も花ばなで飾《かざ》られていて、ブンダシュのしっぽには、幅《はば》の広い赤いリボンが三つ結《むす》んであります。荷車の前の方には、長い棒《ぼう》がさしこまれ、棒には小さな輪《わ》っかがかかっていて、その上では、オウムがぶらんこしていました。

でもなんといっても、いちばんきれいだったのは……。

金のドレスを着て髪《かみ》をたらし、荷車にすわって小さな金のラッパをふいている女王さまのようなギタです。ラッパとドレスとリボンは、もちろんギタが自分の包《つつ》みから出したものでした。

ブンダシュは、きれいな荷車を、まっすぐみんなの方へ引いてきました。

一日でどうやってあのかしこいブンダシュが、車を引くなんていうことをするようになったのでしょうか。それはギタの秘密《ひみつ》でした。うれしいときにも悲しいときにも、かしこく頼《たの》もしい連《つ》れ、ブンダシュがいてくれるのは、フラピッチにとって本当に幸せなことでした。

手伝いの人《ひと》たちは、みんなワーワー騒《さわ》ぎだし、大喜《おおよろこ》びでした。荷車《にぐるま》に乗ったギタとその前にいるブンダシュが、とてもすてきだったのですから。

ギタが荷車でみんなのところまでくると、ショーがはじまりました。

ギタは荷車から飛《と》びおり、干草《ほしくさ》でできた大きな敷物《しきもの》を広げ、おじぎをすると踊《おど》りだしました。こまのようにくるくる回り、小鳥のようにはね、小さな太鼓《たいこ》をたたきました。

踊りながら、手に持っていた小さな輪《わ》をくぐり抜《ぬ》けます。輪は小さくて、ギタがくぐり抜けられるようにはとても見えませんでしたが、妖精《ようせい》のように、踊りながらなんども輪をくぐり抜けました。

すばらしい演技《えんぎ》でしたが、もっとすごいことがはじまりました。

一本の樫《かし》の木の高いところから別《べつ》の樫の木の高いところへ、ギタは綱《つな》を渡《わた》しました。そして、猫《ねこ》のようにすばやく綱の上によじのぼり、空中高くかかった細い綱の上を歩きだしたのです。手を大きく広げたギタは、ツバメのように見えました。

フラピッチはおそろしくなって、ギタが落ちたら捕《つか》まえようと、綱《つな》の下へかけていきました。でもギタは笑《わら》いながら、地面を歩いているかのようにしっかりと綱の上を歩いていました。綱の端《はし》までくると、小鳥のように身軽に枝《えだ》をすべりおり、地面に立ちました。

「わあ！　いままでこんなの見たことないよ。」とフラピッチ。

「ああ、これならギタの箱《はこ》もぼくのブーツも、かんたんにさがしだせるだろう。」こう思って、フラピッチはうれしくなりました。「もしあの男が地下にかくしたのなら、小さな輪《わ》を上手《じょうず》にくぐり抜《ぬ》けたギタだもの、ねずみの穴《あな》をくぐって、地下室に入ってしまうだろう。もし屋根裏《やねうら》にかくしたのだったら、高いところをあんなにしっかり歩いたギタだもの、たくさんの屋根を渡《わた》り歩《ある》いて、屋根裏という屋根裏すべてをさがし、ブーツも箱も見つけだしてくれるだろう。」

もちろん、フラピッチの考えはまちがいでした。ギタの輪くぐりや綱渡《つなわた》りは、それだけのためのものでした。フラピッチにもほかの人にも、ギタのすばらしい技《わざ》はけっして役に立たないのです。

しかし、手伝いの人たちはみんなギタの技に驚《おどろ》いて、食べていた豆やジャガイモのことなど忘《わす》れてしまいました。

そこでまたギタが荷車《にぐるま》の方へ行き、オウムののっている棒《ぼう》をとり、それを上へ持ちあげました。それから足でゆっくり小太鼓《こだいこ》を打ち、道化師《どうけし》とオウムだけしかわからない変《か》わった歌をうたいはじめました。

するとオウムが、輪《わ》っかの上でくるくる回りはじめました。それから、足でぶらさがって頭を下にしたり、くちばしでぶらさがって足を下にたらしたり、こんどは気取ったお嬢《じょう》さまが散《さん》歩《ぽ》しているときのように、頭を傾《かたむ》けて左右をかわるがわる見たり。また、熊《くま》のように片足《かたあし》ずつとんで踊《おど》ったり。そしてついには、汽船の警笛《けいてき》のような口笛《くちぶえ》をふき、輪っかのまわりを回りだしました。

なんどもなんども、ものすごい速さでぐるぐる回っているので、これがオウムなのかなんなのかわからなくなりました。もう猿《さる》でもなんでも変《か》わりないでしょう。

さて、お楽しみも終わりに近づくと、どんなショーのさいごもよくそうであるように、みんなを思いっきり笑《わら》わせてくれました。それは、ギタがオウムののった棒を持ちあげ、「おやすみなさい。」と叫《さけ》び、フラピッチの方へその棒をふったときでした。オウムは勢《いきお》いよく飛んでいき、フラピッチの肩《かた》にすわると、頭から帽子《ぼうし》を奪《うば》って地面に投《な》げ捨《す》てました。そしてキーキー声を上げていいます。「ごあいさつします！　ごあいさつします！　おやすみなさい！」

これを見たみんなは、おなかを抱《かか》えて笑いました。あの農夫《のうふ》まで大笑いしています。ギタもおかしくなって、オウムのようにキャーキャー叫《さけ》んでいました。フラピッチだけが、石になってしまったように突《つ》っ立《た》っていました。あまりにも突然《とつぜん》起きたことに、びっくりしてしまったのです。

「おやすみ！　おやすみ！」と手伝いの人たちが叫ぶと、とうとうフラピッチもそれにくわわりました。

「みんなを笑《わら》わせようというのなら、そうしよう。」とフラピッチは思い、オウムを地面に置《お》いて、自分の帽子《ぼうし》をかぶせてしまいました。

「もういちどごあいさつしな。」とフラピッチ。

もちろん、人間の帽子が、くちばしからしっぽまですっぽりかぶさってしまっているのですから、利口《りこう》なオウムでも、なにもできません。

ギタが帽子をとってやるまで、オウムは目の見えない鶏《にわとり》のように、帽子ごとあちこち走りました。

するとみんなはますます大笑い。こんなぐあいにショーは終わりました。

ギタにも夕食の豆とジャガイモが渡《わた》されました。農夫ももう、ギタに腹《はら》を立ててはいませんでした。こんなに笑ったあとで、すぐにまた顔をしかめるなんてできませんから。

「あたしの仕事がどんなにすばらしいか、わかったでしょ！」とギタはフラピッチに誇《ほこ》らしげにいいます。

「ほかに仕事がないときだけは、いい仕事だな。」とフラピッチ。

そのあと、みんなは寝床《ねどこ》に行きました。

フラピッチと手伝いの人たちの話し合い

ギタは農夫《のうふ》の奥《おく》さんといっしょに家の中で寝《ね》ましたが、フラピッチは手伝いの人たちといっしょに、干草《ほしくさ》の上に寝ました。もうみんな横になっていて、とても静《しず》かでした。フラピッチは眠《ねむ》りにつくまえ、ため息をつきました。

「今日、ぼくのブーツは見つからなかったなあ！」

「ブーツって？」フラピッチの隣《となり》に寝ている人がたずねます。

「今朝、盗《ぬす》まれてしまったんだ。」とフラピッチが答えます。

「おれの青いコートも盗まれたんだよ。」とその人もいいます。

「おれの斧《おの》も盗まれたんだ。」とこんどは別《べつ》の人がいいます。

「おれのハムも、屋根裏《やねうら》から盗まれたんだ。」とまた別《べつ》の人がいいます。

「おれのかばんも盗まれたんだよ。かばんにはお金が入っていたんだ。」とさらにもうひとりがいいます。

さあ、どうやらこのあたりには泥棒《どろぼう》がいるようです。どうやって盗まれたものをさがしだしたらいいのか、そしてその泥棒はだれなのか、みんな考えました。

そのうちに月が空にのぼり、みんなは眠《ねむ》りにつきました。

【5】旅《たび》の四日目

村の火事

フラピッチはこの夜、干草《ほしくさ》の上で寝《ね》ましたが、いままでの人生でこれほどぐっすり眠《ねむ》ったことはありませんでした。夏、干草の上で眠るのは、本当に気持ちがいいものです。干草はいい匂《にお》いがし、あたりはとても静《しず》かで、みんなもよく眠っています。村のいい人《ひと》たちは、みんな夜は眠るのです。フクロウとコウモリだけが目をさましていますが、静かに飛《と》ぶので、フラピッチの目をさまさせたりはしません。

それにしても、気持ちのいいときに、よく悪いことが起こってしまうというのは残念《ざんねん》なことです。

この晩《ばん》もそうでした。

手伝いの人たちの叫《さけ》び声《ごえ》に、とつぜんフラピッチは目をさましました。

「火事だ！　火事だ！」

フラピッチは干草《ほしくさ》から飛《と》び起《お》きました。まだ真《ま》っ暗《くら》でした。村で地獄《じごく》のように真《ま》っ赤《か》な火が燃《も》えていて、そこだけがとても明るくなっていました。

ひねくれ者グルガと呼《よ》ばれている村人のところの、牛小屋が燃えていたのです。グルガはひねくれていたので、村ではこの男を好《す》きな者はいませんでした。しかしだれかの家が燃えていれば、好《す》き嫌《きら》いなんか問題ではなく、とにかく火を消しに行かなければなりません。

農夫《のうふ》の手伝いの人《ひと》たちは、みんな火を消しに村へかけだします。フラピッチも、みんなといっしょにかけていきました。

どの家からも、男の人たちが飛《と》びだしてきました。みんな、火を消そうと、先に鉤《かぎ》のついた棒《ぼう》を持ってきました。女の人たちも、みんな飛びだしてきました。手には、火を消すためにバケツを持っていました。そして、子どもたちもみんな飛びだしてきました。子どもたちは、お母さんの前かけを握《にぎ》って泣《な》いていました。みんな大声を張《は》りあげ、暗闇《くらやみ》の中を火の方へかけていきます。

小さい村なので、消防隊《しょうぼうたい》などありません。

「なんてこった、消防隊《しょうぼうたい》なしでどうやって消そうっていうんだ。」と、火のところまできたフラピッチは思いました。

でも、この村の人たちはとてもかしこかったので、消防隊などなくても火を消すことを知っていました。みんな兵隊《へいたい》のように一列に並《なら》びました。とても長い列で、先頭の人は井戸《いど》のところに立ち、さいごの人は火のそばにいました。先頭の人は、水をバケツいっぱいにくみだし、次の人へ渡《わた》しました。渡された人はその次の人へ渡し、その人はまたその次の人へ、というぐあいに、急いで次から次へと水が渡され、さいごの人は、火のすぐそばのはしごの上に立ち、燃《も》えている牛小屋にかけました。消防車《しょうぼうしゃ》のように勢《いきお》いよく、高いところからかけました。

みんな、とてもすばやくやりました。それでも男の人たちは「急げ！」と叫《さけ》び、女の人たちも「急いで！」と大声を上げました。牛小屋の隣《となり》にある家に火が移《うつ》るのを、みんなは恐《おそ》れていたからです。

それでもやはり、そうなってしまいました。牛小屋の隣の家は、薄《うす》い屋根板だったので、牛小屋の火を消したと思うとすぐ、燃えだしてしまったのです。

ああ、まったく家が燃えるというのは、なんとものすごいことでしょう！　屋根がパチパチいいだすと、女の人や子どもたちは、いっせいに悲鳴《ひめい》を上げました。ところが、もう火を消すのに疲《つか》れていた人びとは、けんかをはじめてしまいました。

「屋根の上へ行って、上から水をかけなければ！」とひとりが大声を出します。

「あんな古い屋根にのるなんて、火の中へ落ちに行くようなもんだ。おれはいやだね。」と別《べつ》の人が叫《さけ》びます。

「おまえは腰抜《こしぬ》けだ！」ともうひとりが叫びます。

こんなふうにけんかがはじまったのでは、家は焼《や》けおちてしまうかもしれません。さもなければ、けんかがおさまるまえに、みんなの頭の上の帽子《ぼうし》に火がついてしまうかもしれません。

でもそのとき、屋根から声が聞こえてきました。

「急いでバケツの水をください！」

みんなが上を向《む》くと、屋根の上には、赤いシャツ、緑のズボン、はでな帽子のだれかがすわっているのが見えました。

これは、人びとがけんかしているあいだに屋根に登った、フラピッチでした。

村人《むらびと》たちは持ってきた棒《ぼう》で、次つぎと急いでフラピッチに水を渡《わた》しはじめました。フラピッチは、屋根のてっぺんに登って火に水をかけましたが、火はどんどん自分の方へ近づいてきます。やがて炎《ほのお》はますます大きくなってしまいました。

女の人たちはわめきました。「あの子は屋根の上で死んでしまうわ！」

炎《ほのお》はもうフラピッチの足のすぐそばまできていました。体は焦《こ》げるように熱く、たくさんの水を持ちあげたので、手はくたびれて、ぶるぶるふるえていました。フラピッチをはらはらしながら見ている人《ひと》たちも、恐怖《きょうふ》でふるえていました。

フラピッチにはわかりました。もう水では火を消すことができないし、火は足元まできているということが。屋根からの熱気で、ほとんど息もできません。

「棒《ぼう》をとってください！」と、やっとのことで叫《さけ》びます。もうこれ以上《いじょう》しゃべれませんでした。

人びとは、鉄の鉤《かぎ》がついた長い棒を、急いでフラピッチに渡《わた》しました。

フラピッチは、自分の足元で燃《も》えている板を、棒でできるかぎりたたきます。

そうすると、火《ひ》の粉《こ》がフラピッチのまわりを星のように飛《と》び、大蛇《だいじゃ》のような炎が、フラピッチの方に向《む》かってシュッといいました。それからなにかが破裂《はれつ》する音や、パチパチいう音がし、火のついた屋根板はシューシューいい、屋根の端《はし》の方はみんな燃えて、地面に落ちていきました。村人たちは、大声を上げてかけより、棒で火を消します。

やっと家から炎がなくなりました。家は救《すく》われたのです。

それと同時に――なんということでしょう！――フラピッチの姿《すがた》が見えません！　どこにも

いないのです！

すわっていた板が割《わ》れ、フラピッチは崩《くず》れるように、屋根のてっぺんから屋根裏《やねうら》に転落してしまったのです。

ああ、かわいそうなフラピッチ！　あんなにいい子だったのに！　みんなを助けようとして、屋根から落ちてしまったなんて！　生きているのか、死んでしまったのか、それはだれにもわかりません。

大きな奇跡《きせき》

屋根から落ちたときフラピッチに起きたこと、それはまったくの奇跡でした。フラピッチは本当にいい子だったにちがいありません。信《しん》じられないような救《すく》われかたをしただけではなく、とてもいいことが待っていたのですから。

フラピッチは、屋根から屋根裏《やねうら》へ落ちましたが、奇跡のようです。なんと小麦粉《こむぎこ》のたくさん入った大きな箱《はこ》の中へ、まっすぐ落ちたのです！　羽のように柔《やわ》らかい粉の上に落ちたので、けがひとつしませんでした。

そして、フラピッチが屋根裏《やねうら》でさいしょに見たもの、これこそ奇跡《きせき》というべきもので、こんなことはだれにも想像《そうぞう》できないでしょう。

フラピッチの目の前にかかっていたのは、自分の、あのすてきなブーツだったのです。すこし離《はな》れたところには、コートがかかっていました。そしてもうすこし離れたところには斧《おの》が、その横にはハムがかかっていました。すみっこにはかばんもかかっていました。手伝いの人たちが盗《ぬす》まれたといっていたものが、ぜんぶ目の前にあるのです。床《ゆか》の上には、白い箱《はこ》もありました。ギタのにちがいありません。

「おお、おお！」小麦粉《こむぎこ》の中にすわり、ふるいの中のネズミみたいなフラピッチは叫《さけ》びました。

「ああ！　みなさん、あがってきてください！　空中のブーツを捕《つか》まえました！」

ブーツはチョウチョではないのだから、空中にいるのを捕まえたりできるはずがありません。人びとは、フラピッチが屋根から落ちたひょうしに、おかしくなったのかと思いました。それでもみんな、屋根裏にかけあがってきました。

みんながあがってくると、屋根裏が盗まれた品じなでいっぱいであることがわかりました。まるでお店のように、ものでいっぱいだったのです。さあこれで、グルガがなぜ、夜、家にいたことがないのかわかりました。グルガとあの黒い男は仲間《なかま》で、グルガの家の屋根裏へ盗んだものをかくしていたのだ、ということもわかりました。

みんなはとりもどしたものを手にして、それはそれは喜《よろこ》びましたが、やはりいちばん喜んだのは、あのお金の入ったかばんをとりもどした人でした。

みんなは、粉《こな》から首を出しているパンのようなフラピッチに大喜びでお礼をいい、フラピッチを肩《かた》にかついで、庭へ下りていきました。フラピッチは大好《だいす》きな自分のブーツを手に持ち、皇帝《こうてい》にでもなったかのように幸せな気分でした。

グルガのお母さん

これでみんな満足でした。ただ、グルガの年老《としお》いた病気のお母さんだけが、寝床《ねどこ》で泣《な》いていました。いままで、自分の息子《むすこ》がそんなに悪いことをしているとは、知らなかったのです。夜は悪事をはたらきに出かけていたので、もちろんグルガは家にいませんでした。でもお母さんは、グルガが村人たちに見つかったら、やっつけられてしまうのではないかと心配していました。村人たちが庭で話しているのが聞こえてきたのです。

「グルガがいまここにいたら、たたきのめしてやるんだがな！」とひとりがいうと、

「頭をたたき割《わ》ってやる！」と別《べつ》の人がいいます。

「火に投げこんでやる！」ともうひとり。

「どれもみんな、いいことではないな。」とフラピッチは思いました。「たたいたって、グルガはよくなりはしないよ。」フラピッチは部屋に入り、村人たちに聞こえないように小声で、グルガのお母さんにいいました。

「泣《な》かないでください。ぼくはグルガを知っています。きのうグルガが干草畑《ほしくさばたけ》を横切ったとき、みんなが教えてくれました。旅のとちゅうで会ったら、村にはもどらないようにいいます。黒い男のもとを離《はな》れるように、そしてすこしここから離れて、正しい人間になるように話します。」

「どうもありがとう、坊《ぼう》や。」グルガのお母さんは、急に気が楽になりました。すくなくともフラピッチは、自分の息子《むすこ》のことを怒《おこ》っていないとわかったからです。

そして、フラピッチに一枚《まい》のハンカチを渡《わた》しました。ハンカチの中には、銀貨《ぎんか》が束《たば》ねてありました。

「もし息子を見つけたら、これを渡してください。」そういうと、またワッと泣《な》きだしました。

フラピッチは約束《やくそく》し、ハンカチを受けとると、お母さんに別《わか》れを告《つ》げて庭に出ました。

人びとはもう庭にはいませんでした。取りもどしたものを持って、みんな喜《よろこ》んで家に帰ってしまったのです。そしてフラピッチは、ギタに箱《はこ》を持っていってやりました。ギタは大喜《おおよろこ》びで、フラピッチに勢《いきお》いよく抱《だ》きつきました。フラピッチの首を絞《し》めているとかんちがいして、ブンダシュがほえだすほど。

もうすっかり明るくなっていたので、村人たちはだれも寝《ね》ようとは思いませんでした。

ギタの傷跡《きずあと》

その日は、ほかになにも起こりませんでした。みんな疲《つか》れていたので、なにも起こらないで助かりました。その日、村人たちはあまり仕事をせず、おしゃべりばかりしていました。どの垣根《かきね》のそばにも女の人がふたりずつ立ち、火事の話をしていました。どの木の下にも男の人が三人か四人ずつ横になって、火事の話をしていました。

また、道のわきのどの溝《みぞ》でも、子どもがたくさん遊んでいました。子どもたちはもう火事のことは忘《わす》れて、カエルを捕《と》っていましたが。でもだれもが、フラピッチの火事のときの勇気《ゆうき》をほめていました。

フラピッチは、かかとに怪我《けが》をしていました。屋根の上で火を消していたとき、はだしだったので、火傷《やけど》をしたのです。ギタがフラピッチのかかとに包帯《ほうたい》を巻《ま》いてやると、フラピッチはいいました。

「あの黒い男がブーツを盗《ぬす》んでくれてよかったよ。」

「どうして？」とギタがたずねます。

「だって、ブーツをはいて火の中へ行ったら、いまごろブーツがかかとにけがをしていただろうからね。もったいないよ。ぼくのけがの方が軽いさ。すぐに治《なお》るからね。」

ギタは、自分のけがをほとんど気にかけていないフラピッチに驚《おどろ》きました。ギタがこんなけがをしていたら、きっと三日は泣《な》いていたでしょう。

でも、ギタも自慢《じまん》したくなって、右手の親指を見せました。

「見て。あたしだってここに傷《きず》があるのよ。」

ギタの親指には傷跡《きずあと》がはっきり残《のこ》っていて、十字架《じゅうじか》の形をしていました。

「いつけがをしたの？」とフラピッチがたずねます。「とても痛《いた》かった？」

「けがしたときのことは覚《おぼ》えていないわ。まだとっても小さかったんですもの。サーカスの団《だん》長《ちょう》のところにくるよりもまえのことよ。」

「どこから団長のところにきたの？」

「わからないわ。」とギタ。

「だれが団長《だんちょう》のところへ連《つ》れてきたの？」

「それもわからないわ。あたしにはお父さんもお母さんもいないって、団長はいうの。」とギタ。

「でも団長のこと好《す》きじゃないから、あの人もいなければいいな、と思うの。本当にいやな目つきをしているのよ。いちど夜中に、サーカス小屋の前で、ほかの人たちとなにか小声で話をしているのが聞こえたんだけど、きっとよくない人間よ。」

ギタは、しばらく考えてからまたいいます。

「お母さんがとってもほしいわ。フラピッチ、お母さんがいるってどんななの？」

「ぼくにもそれはわからないよ。」とフラピッチは答えます。「ぼくにもお母さんはいないもの。でも、親方の奥《おく》さんがいたんだ。よく親方からぼくを守ってくれたんだよ。夜、ぼくが眠《ねむ》くなると、ぼくの手からほうきをとって、かわりに仕事場を掃除《そうじ》してくれたんだ。お母さんがいる人って、いつもあんなふうなんだろうな。」

「それじゃあ、フラピッチの親方の奥さんが、あたしのお母さんになってくれたらいちばんいいのに。」とギタ。

フラピッチは、そんなことはできるはずがないといおうとしたけれど、この話を続けているひまはありませんでした。村人《むらびと》たちがフラピッチの勇気《ゆうき》をたたえて、子羊《こひつじ》の串焼《くしや》きを焼いてくれていたので、それを手伝わなければならなかったのです。

夜、肉とチーズケーキを食べて、みんなはとても楽しく過《す》ごしました。そして村人たちは、すこしでもけががよくなるようにその晩《ばん》はここに泊《と》まれ、とフラピッチにいってくれました。

【6】旅《たび》の五日目

牧草地《ぼくそうち》にて

　次の日、フラピッチとギタにとって、村人《むらびと》たちとのお別《わか》れはつらいことでした。もう三年も住んでいるかのように、村が気に入ってしまったのです。これは、みんなといっしょに火事を消したからでしょう。大きな災難《さいなん》をいっしょに経験《けいけん》した人たちとは、別れがたくなるものです。

　村人たちは、ふたりが悲しそうなのがわかればわかるほど、焼《や》いた肉やパン、そしてチーズケーキを、フラピッチのかばんにたくさんつめこんでやりました。ほかにどうしてやればよいのかわからなかったのです。とうとうフラピッチのかばんは、蜜《みつ》をたくさん飲みつくした大きな蜂《はち》のようにふくれてしまいました。

　ギタはそんなぱんぱんなかばんを見て、思わず笑《わら》ってしまいました。そしてふたりはやっと、元気に出発することができました。

道は、緑の海を横切る一本のわらのように、大きな緑の草地と草地のあいだに横たわっています。フラピッチとギタは、そのわらの上の二匹《ひき》のアリのように、道を歩いていました。そうして長く歩いたあと、道がふたつに分かれているところへきました。片方《かたほう》の道は大きな平野に続き、もう片方は、山をのぼり森に通じていました。このような場所は、分岐点《ぶんきてん》と呼《よ》ばれます。

むかしむかし分岐点で、妖精《ようせい》と魔《ま》法使《ほうつか》いと吸血鬼《きゅうけつき》が会った、といわれています。でも、いまはもうそういうことはありません。夏には、羊飼《ひつじか》いや牛飼いたちがすわり、自分たちのステッキを彫《ほ》ったり、白や黒の桑《くわ》の実《み》のなっている木をゆすったりしています。冬、月明かりと雪のある夜は、ウサギが遊んでいます。

いまは夏なので、分岐点のそばの小さな草地には牛飼いの子どもたちがいて、牛に草を食べさせ、とうもろこしを焼《や》いていました。

小さな牛飼いは、五人いました。女の子ふたりと男の子三人。いちばん小さい子は本当に小さく、背《せ》の高い草の葉が、鼻をくすぐっていました。小さなシャツ一枚《まい》だけで歩いていて、そのシャツは地面に届《とど》いていました。小さくて太っていたので、フラピッチには遠くから見ても、この子がミシュコ（ネズミちゃん）と呼《よ》ばれているのがわかりました。

牛飼《うしか》いの子どもたちはみんな、ギタとフラピッチ、そしてブンダシュとオウムのまわりに集まってきて、このはでな一行は何者なのか、といった表情《ひょうじょう》を浮《う》かべていました。年上の牛飼いがあれこれたずねはじめると、小さなミシュコは、村にいちど、軍隊《ぐんたい》の制服《せいふく》を着た隊長《たいちょう》がきたことを思いだしました。そこで、フラピッチを指さしていいます。

「こいつも隊長だ。でもまだちびだから、大きくなったら、この帽子《ぼうし》は窮屈《きゅうくつ》になっちゃうな。」

フラピッチはむっとしました。ちびなんていわれたからです。そこでミシュコの長いシャツを指さしていいます。

「おまえは大きくなっても、その修道服《しゅうどうふく》を着て修道院《しゅうどういん》に行けるよ。ダブダブだからそのころでも、まだ充分《じゅうぶん》着られそうだよね。」

しかし、ミシュコのお兄ちゃんがあいだに入ってきました。

「弟の悪口をいうな！」

「悪口なんかいっていないよ。冗談《じょうだん》をいっているだけだよ。」とフラピッチが答えます。

すると、ミシュコのお兄ちゃんはつかつかとフラピッチの前に出てきて、頭のてっぺんからつま先までながめていいました。

「これは冗談《じょうだん》なんかじゃない。ぼくの弟にけんかを売るなよ。」

フラピッチはもう長いあいだ見習い職人《しょくにん》をやっていたので、男の子がこういう口のききかたをするときは、けんかをしたいのだ、ということを知っていました。

しかしフラピッチは、けんかをしようとはしませんでした。どの牛飼《うしか》いの子どもたちよりも強いということはわかっていたのですが。

そこでミシュコのお兄ちゃんにいいます。

「けんかするのはやめよう。それより石を投げて、だれが強いか決めようよ。」

フラピッチは道から大きな石を拾いあげ、まるでペンでも持っているかのように、その手を肩《かた》にのせました。そして手を大きく前に振《ふ》って、石を放《ほう》りなげます。石は枝《えだ》や茂《しげ》みを越《こ》え、高く遠く飛《と》んで草地にまで届《とど》き、そこに落ちました。

きっと伝説《でんせつ》の英雄《えいゆう》、クラリェヴィッチ・マルコも、まだ小さかったころ、こんなふうに上手《じょうず》に肩から石を投げたことでしょう。こんなに遠くに石を投げることができた牛飼いは、ひとりもいませんでした。

ミシュコのお兄ちゃんはこれで黙《だま》ってしまい、フラピッチとけんかをはじめなくてよかったと思いました。女の子たちは、男の子たちがけんかするのを見なくてすんだことを喜《よろこ》んで、こういいました。

「この人は、ミシュコのお兄ちゃんより強くて利口《りこう》だわ。」

このあいだにギタは、牛飼《うしか》いたちが炭《すみ》でとうもろこしを焼《や》いていた、草地の方へ行ってしまいました。

「とうもろこしがいい音ではねているわ！」とギタが、うれしそうな声を上げます。「ここにすこしいましょうよ。」

みんなが自分のことに感心しているので、フラピッチもここにいるのがいやではありませんでした。むしろそうしたかったのです。それに、草地はとても気持ちよかったのですから。

小さな牛飼いたちにとって、草地で火のまわりにすわり、炭でとうもろこしを焼いたり、灰《はい》でジャガイモを焼いたりするのは、ことばではいえないほど楽しいことでした。このことは、ここではお話しないでおきましょう。これを読んだみなさんが、こんなに楽しいことができないのを残念《ざんねん》に思うかもしれないからです。これほど楽しいことは、おそらくないでしょうからね。

ギタとフラピッチが加《くわ》わって人数が増《ふ》えたので、もっとたくさんのとうもろこしをさがさなければなりませんでした。

「でも、とうもろこしをとってもいいの？」とフラピッチがたずねます。

「ぼくたちはいいんだよ。ぼくたちが守ってるんだからね。」と牛飼《うしか》いたち。

「でも、とってしまって、どうして守ってるなんていえるの？」とギタがたずねます。

「牛から守ってるのさ。ぼくたちがいなければ、とうもろこしはなくなっちゃうよ。」と体の大きい牛飼いが、誇《ほこ》らしげにいいます。

「それはうそだよ。」とフラピッチ。「ぼくは見習い職人《しょくにん》の学校で習ったよ。もし神さまがいなければ、とうもろこしもないって。」

「それはわかってるよ。」といって、牛飼いたちはどっと笑《わら》いました。「まず神さまがとうもろこしをあたえてくださって、それからぼくたちが守るんだよ。」

「みんな学校へ行っていないのに、神さまがとうもろこしやほかのものをあたえてくださるなんて、どこで知ったの？」とフラピッチがたずねます。

「ぼくたちは毎日畑や草地にきて、日ごとに草が大きくのび、日ごとにとうもろこしがしげってくるのを見てるんだよ。それでそういうことができるのは、神さまのほかのだれでもないっていうことがわかるのさ。」といちばん年上の牛飼いがいいます。

これにはフラピッチも驚《おどろ》きました。草やとうもろこしから人間がたくさんのことを学んだり、フラピッチの学校の本やそのほかの本の知識《ちしき》が、畑や草地からきているなんて知らなかったからです。

みんなはとうもろこしをとりに行きました。草が濡《ぬ》れていたので、フラピッチはブーツがいたまないよう脱《ぬ》いでしまいました。

でもすぐに、小さなミシュコがブーツをながめているのに気づきました。そこでミシュコにいいます。

「ブーツにさわるなよ、ミシュコ！　それは皇帝《こうてい》のブーツだから、おまえがはいたらかみつくぞ。」

牛飼《うしか》いのひとりが「本当にかみつくぞ。」といって、ミシュコがながめたりさわったりしないよう、ブーツの両方に刺草《いらくさ》をすこしずつ入れました。

そしてミシュコ以外《いがい》は、みんな行ってしまいました。

ミシュコはひとり残《のこ》って、長いあいだブーツをながめていました。するとますますすてきなブーツに見えてきて、とうとうかみつくなんて信じられなくなりました。

そこで、ゆっくりブーツに近づきます。なかなか慎重《しんちょう》でした。ゆっくり注意深く、ブーツの片方《かたほう》に手をのばします。すると、

「あっ、痛《いた》い！」ブーツに入っている刺草のとげに刺《さ》されてしまったのです。「本当にかみつ

いた！」

そこでちょっと考えます。

ミシュコはすぐに、ブーツの中のものがなんなのか思いだしました。小さな牛飼《うしか》いは、刺草《いらくさ》のことをよく知っていたのです。そこで、自分の長いシャツで手を包《つつ》み、ゆっくりすこしずつ刺草をとりだしました。

牛飼いたちがフラピッチやギタといっしょにもどってくるのが見えると、ミシュコもみんなの方へ向《む》かいました。足にはフラピッチのブーツをはいています。ブーツが腰《こし》の方まできていてとてもおかしかったので、フラピッチも怒《おこ》ったりしませんでした。

「どうしたんだい、ミシュコ？　ブーツはおまえにかみつかなかったのか？」とフラピッチがたずねます。

「かみついたよ。でもぼくがその歯を抜《ぬ》いてやったんだ。」とミシュコ。

みんなは、そんなミシュコを笑《わら》いました。ミシュコがブーツを脱《ぬ》いでフラピッチに渡《わた》すと、フラピッチがもういちどそれをはきます。ふたりともこれで満足でした。

それからみんな、火のまわりにすわりました。女の子たちは、火がよく燃《も》えるように前かけであおぎ、男の子たちは、木の枝《えだ》を串《くし》にしてとうもろこしに刺《さ》しました。

フラピッチはみんなに、ムルコニャ親方のことや黒い男のこと、そしてグルガのことを話しました。

「いまいちばん気がかりなのは、グルガのことなんだよ。見つけだして、お母さんから預《あず》かっている、ハンカチにくるんだ銀貨《ぎんか》を渡《わた》さなければならないんだ。」とフラピッチがいいました。

「でもどうやってさがしだすんだい？」とミシュコがたずねます。

「それがわからないんだよ！　でも、お母さんから預かったものをどうしても渡したいから、グルガがぼくの前に落ちてでもこないかな、って考えちゃうんだ。」

「それは無理《むり》だよ。」といちばん年上の牛飼《うしか》いが笑《わら》っていいます。「梨《なし》の木の下にでもすわっていないかぎり、梨だってきみの前に落ちたりしないんだよ。まして人がとつぜん君の前に落ちてくるなんて、ありっこないよ。」

フラピッチの前に人が落ちて

牛飼いがいい終わるとすぐに、山に通じる道から、大きなガラガラという音が聞こえてきました。なにかがすごいスピードで、ころがるように走ってきたのです。

叫《さけ》び声《ごえ》と汚《きたな》いことばが聞こえてきます。

フラピッチとみんなは、いっせいに道の方を見ました。

すると、山から馬車がすごい勢《いきお》いで道をおりてきます。こわがる馬は、ものすごい速さで突《つ》っ走《ぱし》っています。そして頭をもたげ、荒《あ》れくるったように口から泡《あわ》をふきとばします。馬車はガラガラいいながら、シーソーのように右に左に傾《かたむ》きます。

もういまにも、道の脇《わき》の溝《みぞ》に落ちそうでした。

馬車には、おびえた顔をした男がふたりすわっていました。このうちのひとりが、手綱《たづな》の一本をぐいと引きました。もう一本の手綱は切れてしまって、バタバタと馬にあたっています。

それで馬は、ますます荒《あら》あらしく突進《とっしん》しました。

「ああ！　あの馬車をとめなきゃ！」フラピッチが叫《さけ》びます。そして走っていって、道の真《ま》ん中《なか》に立ち、あらんかぎりの声で叫び、両手を高くあげて大きくふります。フラピッチはなんども、こうやってこわがっている馬をとまらせるのを見たことがありました。

馬車はまだ遠くにいました。それでも、自分の方へ突進してくるのを見ているのは危《あぶ》ないことです。

けれども、フラピッチのところまでくるまえに、馬車はゆれ、道のそばの石に車輪《しゃりん》のひとつがぶちあたり、激《はげ》しくひっくりかえってしまいました。

馬はふたつの塔《とう》のように後足で立ちあがり、同時に男がふたり、馬車から放りだされ、フラピッチのそばの溝《みぞ》に、そのまままころがりおちました。

「わあ！」ギタと牛飼《うしか》いたちは大声をあげ、道へ走ってきました。

馬車がひっくりかえると、馬は、二頭の龍《りゅう》が火を噴《ふ》いているような息づかいで、呆然《ぼうぜん》と立ちつくしてしまいました。

「わあ！」といってギタは飛《と》んでいき、手綱《たづな》をつかみます。「なんてきれいないい馬なの！さあ、馬具をはずしてやりましょう。あたし、馬に乗りたいわ。ああこの馬、あたしのソコと同じくらいきれいだわ！」

ギタは、サーカスの自分の馬を思いだしたのです。あんまりうれしくて、ほかのことを忘《わす》れてしまったようでした。女の子にはよくあることです。

でもフラピッチには、いまもっとだいじなことがあるのがわかっていました。そこで、馬をギタと牛飼いたちにまかせて、馬車から落ちた男たちがどうしたかを見に、溝の方へ行ってみました。

そこで待ちうけているのが、どんなにびっくりするようなことかわかっていたら、どうすればいいのかすこしは考えたでしょう。でもそうすれば、もちろんびっくりはしないでしょうが。溝《みぞ》には人が横たわっていました。――ああ、これは！　フラピッチの心臓《しんぞう》は凍《こお》りつきそうでした。――溝に横たわっていたのは、黒い男とグルガだったのです。フラピッチがきたとき、まさに起きあがろうとしているところでした。

さあ、どうしたらいいのかわからないフラピッチは、いついってもおかしくないことをいいました。

「いい天気ですね。」

「まったくいい日だよ。おれたちがひっくりかえったからか？」と黒い男が、お墓《はか》からでも出てきたかのような、低い声でいいました。

「あなたたちの命が助かったんですから、いい日ですよ。」とフラピッチは大きな声で答えると、すぐに考えました。「グルガにハンカチと銀貨《ぎんか》を渡《わた》すことができるんだもの、いい日だよ。」

でもちがう考えも、頭を横切りました。

「ぼくがブーツをさがしだしたことに黒い男が気づいたら、どうなるんだろう？」

しかし、黒い男はとても急いでいたので、フラピッチの方に目をやりませんでした。起きあがるや、グルガに向かってどなりました。

「なにすわってるんだよ！　おれたちの手も足もまだちゃんと全部ついてるんだ。しゃべってるひまなんかないぞ。馬がどうしたか見にいくんだ！」

黒い男はとても急いでいるようでした。そしてグルガといっしょに溝《みぞ》からはいだして、馬車の方へ行こうとしました。

ところが、ブンダシュにも黒い男がわかりました。男に向かってすさまじくうなったかと思うと、男の方へ飛《と》んでいき、黒いコートにくらいつきました。

黒い男はブンダシュをけってから、ふりかえってもういちど見ます。

「おお。おまえがうなるのを、どこかで聞いたことがあるな。」

ブンダシュの隣《となり》には、フラピッチが立っていました。

やっと黒い男はフラピッチに気づき、そして――ブーツにも気づいてしまいました。

男は一瞬《いっしゅん》、呆然《ぼうぜん》と立ちつくしました。黒い頭には、いろいろよからぬ考えがめぐります。

そしてフラピッチを、鷹《たか》が獲物《えもの》を見るようにながめました。

フラピッチは小さいながらしっかりと立ち、黒い男の目をまっすぐ見つめて考えました。

「どうなろうとも、ぼくが生きているかぎり、ブーツをとることはできないぞ！」

ブンダシュも白い歯をむきだし、心の中で叫《さけ》びます。「ぼくのフラピッチにさわるなよ！」

よくないことが起《お》こりそうでした。

しかし、それは一瞬《いっしゅん》のことでした。黒い男は、「時間がない！」とつぶやくと、馬の横に立っているグルガに向かって叫《さけ》びました。

「馬を馬車につなげ！　貧乏神《びんぼうがみ》め！」

「手綱《たづな》が切れちまったよ。」とグルガがふきげんそうに答えます。「出発できねえよ。」

「行かなきゃならねえんだよ！」と黒い男はどなり、手綱をひっつかんで見てみます。

さあ、そこで黒い男が想像《そうぞう》もしなかったようなことが起こりました。

フラピッチが黒い男の前に進みでていったのです。

「手綱を直してあげるよ。」

「ブーツをはいた猫《ねこ》ちゃんよ。おまえがどうやって手綱を直すんだ。」と黒い男はばかにしたようにいい、フラピッチの頭のてっぺんからつま先までながめました。

「ブーツをはいているよ。二日間はだしだったけどね。」とフラピッチは答えます。「でも、ぼくは猫じゃないよ。猫だったら、手綱を直すことなんかできないだろうね。ぼくは見習い職人《しょくにん》のフラピッチだよ。かばんには、突《つ》き錐《ぎり》と革《かわ》とぬい糸が入っているんだ。急いでいるようだから、手綱を直してあげるよ。」

本当にフラピッチはやさしい子です。自分のブーツを盗《ぬす》んだ男に手綱《たづな》を直してやる人なんて、どこの世界にいるでしょう。

フラピッチは肩《かた》からかばんをおろし、突《つ》き錐《ぎり》と糸と、革《かわ》をすこしとりだしました。それから馬のところへ行き、手綱と馬具をはずします。

黒い男は、フラピッチが本気で仕事を買ってでたのを見て、いいました。

「おい、小さいの。おまえは勇《いさ》ましいな。急いで手綱をぬってくれ。そうしたら、ブーツのことは頭から消《け》し去《さ》ってやるよ。」

「ぼくも頭の中ではなく、こうして足にブーツをはいていたいんだ。」とフラピッチは答えました。そして道の脇《わき》の石の上にすわり、手綱をぬいはじめます。

靴屋《くつや》の仕事というのは、なんて楽しいのでしょう。フラピッチは、突き錐を刺《さ》し、糸を引《ひ》っぱる作業をはじめるとすぐ、ムルコニャ親方の仕事場にいるときのように、うたったり口笛《くちぶえ》をふいたりしはじめました。

そんなフラピッチは、グルガと大切な話があることをあやうく忘《わす》れるところでした。

グルガはフラピッチを手伝おうと、隣《となり》にすわってきました。黒い男の方は、馬車のこわれたところを直しに行きます。

ギタと牛飼《うしか》いたちは、餌《えさ》をやりに馬を草地へ連《つ》れていきました。

グルガとフラピッチ

グルガとフラピッチがふたりだけになると、フラピッチは静《しず》かにいいます。

「グルガ、ぼくは上手《じょうず》に手綱《たづな》を直すよ。そうしたら馬車で遠くへ行って、村にはもどらない方がいい。村ではみんなが、きみを殺《ころ》してやるっていっているんだ。」

グルガは黙《だま》ってフラピッチのブーツを見ました。自分が黒い男といっしょに盗《ぬす》みをしたことを村人《むらびと》たちに知られているのが、このブーツでわかりました。

「グルガ。」ともういちどフラピッチがいいます。「きみのお母さんがよこしたものがあるんだ。でも、ぼくが頼《たの》むことを約束《やくそく》してくれるまで、渡《わた》さないよ。」

「どんなことを約束してほしいんだ?」とグルガはたずねます。

「黒い男と別《わか》れ、遠いところへ行くと約束してほしいんだ。遠いところでひとりで暮《く》らし、いい人間になってほしい。きみのお母さんがそう伝えるようにって。それで泣《な》きながら、これをぼくに渡したんだ。」

フラピッチは銀貨《ぎんか》のくるんであるハンカチをかばんからとりだし、グルガに渡《わた》します。

グルガは自分のお母さんのハンカチを見て、そしてお母さんが伝えたことを聞いて、小さな子どものように悲しくなりました。おとなでも、お母さんを思いだすときはよく、小さな子どものように胸《むね》が熱《あつ》くなるものです。

しかし、グルガがフラピッチにことばを返しているひまはありませんでした。黒い男がもうこちらに向かってきていたのです。急いで銀貨のハンカチをポケットに入れ、グルガはフラピッチにささやきます。

「手綱《たづな》を上手《じょうず》に直してくれ。感謝《かんしゃ》するよ。おまえはいいやつだな。」

そこへ黒い男がやってきました。

「終わったよ。」ちょうどぬいおえたフラピッチがいいます。

「馬をこっちへ！　早く！」黒い男が叫《さけ》びます。

ギタと牛飼《うしか》いたちが馬を連《つ》れてきました。

一頭の馬は、長いたてがみと長いしっぽをしていて、カラスのように黒く、太陽のように輝《かがや》いていました。まぎれもない黒馬です。

「もういちどこの馬に会える、なんてことないわよね。」と、馬車につながれている馬を見て、ギタはため息をつきます。

「絶対《ぜったい》にないな、おはねちゃん。」と黒い男。「この馬の行くところには、絶対におまえさんはこられないよ。さあ、急ごう！　しゃべっているひまはない！」

準備《じゅんび》がすっかり整《ととの》いました。

黒い男は馬車に飛《と》びのり、隣《となり》にグルガがすわります。

フラピッチはグルガの方を見ました。なんだか悲しそうでした。

「これはいいことだ。」とフラピッチは思います。「悲しくなれる人は、よい人間にもなれるんだから。」

黒い男は黒馬に鞭打《むちう》ち、馬二頭は矢のように、まっすぐな道を遠くへ走ります。

フラピッチとギタと牛飼《うしか》いたちは、馬車が走っていくのを後ろからながめていました。

ひとりの牛飼いがいいます。

「なにか悪いことでもしたのかな。あんなに急いで走っていくよ。」

「放《ほう》っておこう。」とフラピッチ。「もう二度と黒い男には会いたくないよ。」

「もういちど会うことなんかあるかしら？　この国は広いっていったの、フラピッチじゃない。」

とギタ。

「ブーツをさがしに出たときは、帝国《ていこく》七つ分ぐらいでっかく広く感じたよ。でもいま、もういちど黒い男に会うんじゃないかと思うと、猫《ねこ》の額《ひたい》のように狭《せま》く感じるよ。」とフラピッチは答えます。

みんなは火のまわりにすわりました。

フラピッチは、焼《や》いた肉とチーズケーキをかばんから出します。火のまわりには七人もいたので、フラピッチのかばんはあっというまに空《から》になってしまいました。もうまるまるとした蜂《はち》のようではなく、六ページしかない本のように、薄《うす》くぺちゃんこでした。

炉端《ろばた》での夜

みんなは今日起きたことを、あれこれと長いあいだおしゃべりしました。するともう夕暮《ゆうぐ》れになり、牛を連《つ》れて家へ帰る時間になっていました。

でも、みんな火を囲《かこ》み、夢中《むちゅう》でいろいろ話していたので、お日さまが沈《しず》んだのにも気づかず、牛といっしょに帰ることも忘《わす》れてしまっていました。

みんなのまわりで草を食べていたいちばん大きな白い牛は、小さなミシュコに近づき、静《しず》かにミシュコの小さな足をなめます。

「さあミシュコ、家へ帰ろう。」と合図したのです。

あら大変《たいへん》！　ミシュコは頭をあげ、お日さまが沈《しず》んでしまったことに気づきました。

「わあ、もう暗いよ！」

ほかのみんなも頭をあげ、もうとっくに家へ帰る時間だったと気づき、急いで牛を集めはじめました。

ギタがフラピッチにたずねます。

「あたしたちはどこへ行きましょうか？」

フラピッチにも、それがわかりませんでした。旅を続けるには遅《おそ》すぎるし、寝《ね》るところもありません。

フラピッチは途方《とほう》に暮《く》れてしまいました。

でもギタは、今日見たことを覚《おぼ》えていました。フラピッチが突《つ》き錐《ぎり》とぬい糸というものを持っていて、それが重宝《ちょうほう》なことを。

「牛飼《うしか》いたちに、家で靴《くつ》を繕《つくろ》ってあげるといってよ。そうすれば寝場所《ねばしょ》がもらえるわ。」とギタがいいます。

フラピッチはもっと利口《りこう》なはずなのに、自分の仕事でなんとか過《す》ごすことも、ギタにいわれるまでは気づかなかったことを、恥《は》ずかしく思いました。

牛飼《うしか》いたちが寝場所《ねばしょ》を約束《やくそく》してくれたので、みんなはいっしょに村に向かいました。村は、遠くありませんでした。

小さなベルをつけた牛たちが先に進みます。その後ろをブンダシュが歩き、牛追いの犬のように、牛を整列《せいれつ》させています。ブンダシュの後ろには牛飼いたちが五人、そしてフラピッチとギタが続きます。

フラピッチは肩《かた》にギタのオウムをのせていましたが、このオウムとはとてもなかよくなりました。オウムはこの日なんども「グルガ」という名前を聞いたので、頭ならず口の中にこの名前が残《のこ》っていました。オウムというのは頭ではなく、口でものを覚《おぼ》えるのです。村に着くと、会う人たちみんなに大声でいいました。

「こんばんは、グルガ！」

これを聞くと、みんな笑《わら》いだしました。グルガという名前の人も、そうでない人も。

こうして村中がこの夜のうちに、フラピッチとギタのことを知ってしまいました。

フラピッチとギタは、ミシュコとお兄ちゃんといっしょに牛のあとに続き、庭に入っていきました。

フラピッチが、家中にある靴《くつ》をあした修理《しゅうり》すると約束《やくそく》すると、ミシュコの両親も、フラピッチとギタを泊《と》めると約束してくれました。でもそうでなくても、この人《ひと》たちはフラピッチとギタを泊めたでしょう。農夫《のうふ》というのは、いつでも貧《まず》しい子どもたちには親切なのですから。

夕食のあと、みんなは寝床《ねどこ》につきました。

子どもたちは炉端《ろばた》で寝ました。ここは広びろとしていて、冬は暖《あたた》かく、夏は涼《すず》しいのです。いまここには四人もいましたが、それでもみんな安らかに眠《ねむ》れました。

ギタのオウムだけが、炉端の上の梁《はり》にかかったかごの中に閉《と》じこめられてしまいました。

「あの緑のフクロウは、魔《ま》法使《ほうつか》いみたいに、上の方が出っぱった鼻をしているよ。」とミシュコがいいます。「夜中に、ぼくたちの心臓《しんぞう》をとってしまうかもしれないよ。」

ベッドで寝《ね》ていたおばあさんは、横からオウムをながめました。おばあさんも、そういうことが起こるのではないかと思いました。おばあさんとミシュコは、いつも同じようなことを考えるのです。そこでオウムのかごには布《ぬの》がかけられ、もういちど梁にもどされました。

そしてみんな眠りにつきました。

眠るまえフラピッチは、ムルコニャ親方のところからどのくらい離《はな》れたか考えました。

でも、あまり遠くは離《はな》れていないだろう、五日間かかった道のりも、親方なら一日で征服《せいふく》できるだろうと思いました。これは、ギタといっしょでは急いで旅《たび》ができないからです。でも、ギタと別《わか》れて、もういちどブンダシュとだけで旅をするなんて、フラピッチには考えられませんでした。

ギタのサーカス団《だん》と団長が、まだ見つかっていなくてよかったとも思いました。ギタはそのために旅をしているのですけれど。

フラピッチは炉端《ろばた》でそんなことを考え、いつかサーカス団が見つかってしまうのではないかと思うと、とても心配になりました。しかし、こう考えなおしました。

「心配ごとはひとりでにやってきて、ひとりでに去《さ》っていくんだ。考えたってしかたない。グルガはひとりでに、ぼくの前の溝《みぞ》に落ちてきたんだ。どうやって見つけよう、どうやってハンカチを渡《わた》そうと十年考えたって、思いつかなかっただろう。」

そうしてフラピッチは眠《ねむ》りました。

部屋の中のみんなは、もうすやすや眠っていました。

梁《はり》にかかっているかごの中の魔《ま》法使《ほうつか》いのことを考えていたにもかかわらず、いちばんよく眠っていたのは、ミシュコとおばあさんでした。

#【7】旅《たび》の六日目

小さな靴屋《くつや》とものごいの老女《ろうじょ》ヤナ

夜が明けはじめると、炉《ろ》端《ばた》のフラピッチはもう起きてしまいました。仕事が待っていたからです。でもミシュコのお父さんとお母さんは、もう外で仕事をしていました。だれも農夫《のうふ》より早く起きることなどできません。

フラピッチは炉端から離《はな》れ、手をたたいて子どもたちに叫《さけ》びます。

「靴をこっちへ持ってきて！　寝《ね》ているひまはないよ！」

子どもたちは、炉端の段《だん》からおりました。みんな巣《す》から出てきた小鳥のように、髪《かみ》がもしゃもしゃで、体は炉端のぬくもりでぽかぽかしていました。

あっというまに、フラピッチの前には靴の山ができました。

「しっかり働《はたら》かなければ。」とフラピッチは思いました。

お日さまが出ました。家の前の日陰《ひかげ》に陣取《じんど》り、フラピッチは仕事をしました。

仕事をはじめると、仕事以外《いがい》のことは、もうなにも考えませんでした。

ギタには、まじめな仕事を見ているのは楽しくありません。すぐにフラピッチをおいて、村の女の子たちといっしょに遊びに行ってしまいました。村の奥《おく》さんたちの漂白《ひょうはく》している麻《あさ》が、草の上に並《なら》んでいました。それをとび越《こ》す遊びです。ギタはもちろん、ほかの女の子たちより上手《じょうず》にとびました。サーカスではこんなことばかりしていたのですから。そこで、三列に並んだものまで挑戦《ちょうせん》しましたが、結局《けつきょく》麻の上でころんでしまいました。この近所の奥さんのものでしたが、幸い留守《るす》だったので、見られずにすみました。

このようにフラピッチは仕事をし、ギタは遊んでいたのです。

村を、ものごいの老女《ろうじょ》ヤナが通りました。

フラピッチのところまでくると、なんと小さな靴屋《くつや》が、背《せ》の高いブーツまではいて、村で商売をはじめたものかと驚《おどろ》きました。そしてフラピッチにたずねます。

「貧《まず》しい年寄《としよ》りに、靴を直してくれるかね？」

「もちろんですよ。皇帝《こうてい》がこの国を回るようにと、ぼくを送りだしたんですから、できることがあれば喜《よろこ》んで。」とフラピッチは答えます。

「もしそうなら、そういう人がもっとたくさん、この国にいていいはずだがね。」とヤナがいいます。

「そういう人をもっとたくさんさがしたようですが、だれも行きたがらなかったんです。見習い職人《しょくにん》フラピッチ以外《いがい》はね。それがぼくなんです。」

もちろん本当のことではありません。でも本当のように聞こえたので、年老《としお》いたヤナは笑《わら》いだしてしまいました。

フラピッチは、ヤナの靴《くつ》を受けとりました。

ヤナはすわって、三つの村であったことをみんなフラピッチに話しました。ヤナは村から村へ歩いているのでした。

「坊《ぼう》や、旅《たび》は昼間だけになさい。」と、今日また旅だつというフラピッチにいいました。「夕べ村の向こうの森で、悪いことがあったんじゃよ。品物を持って馬車で市に行くとちゅうの男が、強盗《ごうとう》にあったんじゃ。この男が生きているのか死んでしまったのか、だれにもわからない。悪者どもは、馬車で逃《に》げおった。」

これを聞いて、フラピッチは落ちつかなくなりました。旅人に悪いことが起きたなどと聞くのは、同じように旅をする人にはつらいものです。でも、ヤナの話したことは、みんな本当のことでした。ヤナはあちこち歩いているので、いろいろなことを知っていたのです。

市にて

昼過《す》ぎになると、フラピッチはギタにいいました。

「出かける時間だ。まだ先は長いよ。きみの団長《だんちょう》をさがさなければ。」

「フラピッチ。」とギタがいいます。「あたし、考えが変《か》わったの。もう団長のところには行かないわ。」

フラピッチは旅《たび》をはじめて以来《いらい》、これほどうれしく思ったことはありませんでした。もちろん、ギタが重荷《おもに》になるということはよくわかっていましたが、すくなくとも、ひとりぼっちの旅ではないのです。

こうしてギタとフラピッチは、ミシュコとお兄ちゃんに別《わか》れを告《つ》げ、お父さんとお母さんにお礼をいい、さらに先へと出発しました。

元気よく歩いたので、すぐに大きな街《まち》に着きました。

この街はとても大きく、塔《とう》のふたつある大きな教会がひとつ、そして塔ひとつの小さな教会が十もありました。街《まち》には百本の道があり、どの道にも人がアリのようにうようよしていました。そしてたくさんある四つ角には、おまわりさんがふたりずつ立っていました。

本当に大きな街でした。

でもギタとフラピッチは、この百本もの道を歩くまえに、とても大きな広場に出てしまいました。

その広場では、市が開かれていました。

市には、二百もの大小さまざまなテントがありました。赤いハンカチや黒いコート、青いお鍋《なべ》や黄色いメロンなど、いろいろなものが売られています。

おもちゃもたくさん売っていたので、太鼓《たいこ》を打ったり笛《ふえ》をふいたりするのが聞こえました。

「わあ！　ここはなんて楽しくてすてきなの！」とギタがいいます。「ここにすこしいましょうよ。」

「ほらきた。」とフラピッチは思います。「ギタが市を見れば、すぐにそういうと思ったんだ。」

ギタの気分を悪くさせたくなかったので、大きな声でいいます。

「市にいるのは、いい考えじゃないいな。」

「どうして？」とギタ。

「だって、ここにムルコニャ親方がいるかもしれないじゃないか。いままでいちども市には行っていなかったけれど、ぼくが出てくるちょうど何日かまえ、いってたんだ。『次の市には行こう。おれにとって市は、そう悪いことばかりではあるまい。』ってね。」

「どうして親方には、市が悪いことだったの?」とギタがたずねます。

「ぼくにもわからないよ。でも、市に行くとすべてが悪くなるっていつもいってたよ。」

そのあと、フラピッチはもういちどいいます。

「ここにいるのはいい考えじゃないよ。ムルコニャ親方がいるかもしれない。黒い男もいるかもしれない。きみの団長《だんちょう》とサーカス団もいるかもしれないよ。」

するとギタはむっとしていいます。

「なんでまたよりによって、みんなここにいるなんていうの?」

「ここにはたくさんの人がくるからだよ。こんなに人がいるところには、どんな人だっている可能性《かのうせい》があるじゃないか。」とフラピッチは答えます。

「そんなことないわよ。」とギタ。「ウィーンには、ここよりもっとたくさんの人がいるのよ。でもムルコニャ親方や黒い男は、やっぱりウィーンにはいないわ。」

フラピッチはギタのように話すすべを知らなかったので、これ以上口論《いじょうこうろん》したくありませんでした。

こうしてフラピッチとギタは、このまま市にいることになりました。

これがいい考えなのかそうでないのかは、夜になるとわかります。市は大騒《おおさわ》ぎで、夜のことなんか、真《ま》っ昼間《ぴるま》から考えられませんでした。

ふたりのかご売り

いまのところ、ギタとフラピッチは市をとても楽しんでいました。

まずさいしょに、ほかのどんな場所よりも大きな声で、呼《よ》びこみをしているところへ行ってみました。

そこには、ふたりのかご売りがいました。

ひとりは、青と白二色の大きなテントを持っていました。テントの中には、金のように輝《かがや》く黄色いかごが並《なら》んでいました。上には赤や青や黄色のかご、大小さまざまで色とりどりのかごが、列を作ってひもでつるしてありました。そしてテントのちょうど真《ま》ん中《なか》には、大きくてとてもいい背負《せお》いかごがつるしてありました。

「いらっしゃい！　いらっしゃい！」とテントの下で、かご売りが叫《さけ》んでいました。「かご、かごはどうかね！　金で編《あ》んだかごは！　絹《きぬ》でぬいとったかごは！」

人びとはミツバチのように群《むら》がって、このテントにやってきました。人は、いちばん大きな声で呼《よ》びこみしているところ、きらきら輝《かがや》いて人目を引くような品物のあるところにとんでくるものなのです。

あまり離《はな》れていないところに、もうひとりのかご売りが地面にすわっていました。貧《まず》しくてテントがありません。大きな袋《ふくろ》の上にすわり、まわりにはわずか十個《こ》ばかりの、質素《しっそ》な灰色《はいいろ》のかごが置《お》いてありました。それ以外《いがい》はなにもありません。このかご売りは控《ひか》えめで、おおげさに宣伝《せんでん》することを知らなかったので、黙《だま》っていました。家にはおなかをすかせた子がたくさんいるので、だれも自分の品物を買ってくれないのを悲しく思いました。

ご婦人《ふじん》たちが、この貧《まず》しいかご売りのかごを見ようと近づいてくるたびに、テントの下のかご売りは大声を張《は》りあげました。

「そのかごはやめて、こっち、こっち！　地べたに置いてあるかごなんか買わないで！　近所の人たちに、ゴミの中からさがしだしたのかって笑《わら》われちゃうよ。こちらは金だよ！」

するとみんなはここをやめて、テントの下に行って買ってしまいます。

ギタとフラピッチは、長いあいだこれを見ていました。ギタはこういうことにがまんができず、また突飛《とっぴ》なことをいいます。

「雷《かみなり》があのテントに落ちて、大きな背負《せお》いかごが、あの人にかぶさってしまえばいいのよ！」

ちょうどそのとき、またご婦人《ふじん》たちがたくさん、かご売りの方へ向《む》かってやってきました。

まだご婦人たちが遠くの方を歩いているころから、テントの下のかご売りは大声ではじめました。

「こちら、こちら！　ここのかごは、まるで金のりんごのようだよ！」といって、頭の上のかごを手でゆらゆらゆらしました。

「フラピッチ！」と、とつぜんギタがいいます。「あたし、思いついたの！　早く、フラピッチ、ナイフを貸《か》してちょうだい。さあ、おもしろくなるわよ！」

そしてギタはフラピッチのかばんに手をつっこみ、自分でナイフをとりだします。それから、リスのようにすばやく走り、テントの後ろにかくれてしまいました。

「どうなるんだろう？」とフラピッチは思いました。

さあ、いま、わかりますよ。

ご婦人たちがかごを買いにテントまできたちょうどそのとき、そこにいたみんながおなかを抱《かか》えて笑《わら》ってしまうようなことが起こりました。

とつぜん、テントの中のかご売りの上にかかっていたかごが、雨のように落ちだしたのです。さいしょひとつが落ち、そして四つ、それから十個《こ》！　バタバタバタと金色のかご、白いかご、青いかご……と、いろいろな色のかごが落ちてきました。

かごをつるしていたひもが、プツンと切れたのでした。

「う！　う！」とかご売りはうなり、狂《くる》ったスズメバチのようにもがきました。

するとそのとき——さあ大変《たいへん》！　ひもがもう一本切れてしまったのです！

かごはどんどん落ち、バタバタバタとかご売りの頭や背中《せなか》にあたります。手をふりかざしたり、とびあがったり、叫《さけ》んだり。長いあいだこんなことをなんどもなんどもくりかえし、ついに倒《たお》れてしまいました。

そして、たくさんのかごのあいだにころがって、ますます大きな声でうなります。

「うー！　うー！」ここから抜《ぬ》けだそうと必死《ひっし》です。

ところが、——ドスン！　こんどは大きな背負《せお》いかごが落ちてきて、かご売りにかぶさってしまいました。もうなにも見えません。手と足だけが、大きなかごから飛びだしています。手足をバタバタさせているところで、小さなかごがあちこちに飛《と》び散《ち》ります。

人びとは笑《わら》いころげました。でも、だれもどうしてこうなったのかわかりませんでした。テントの後ろでは、ギタがしゃがんで、テントに開いた小さな穴《あな》からのぞいて笑っていました。

なんといっても、ギタがいちばんおかしそうでした。というのも、テントの後ろでフラピッチのナイフを使って、二本あるひもの端《はし》っこをちょんと切ったのは、ギタだったのですから。ギタの隣《となり》にフラピッチがしゃがみ、穴からのぞきこみました。

かごが落ちはじめるとすぐ、これはギタの仕業《しわざ》だとわかったので、ここまで走ってきたのです。

フラピッチは、ギタのようなことはいちどもしたことがありませんでした。でもかご売りが、たくさんの黄色いかごのあいだで、大きな黒い虫のようにころがっているのを穴から見ていると、ふきだしてしまい、背中《せなか》でかばんがぴょんぴょんはねていました。ギタは笑い声をあげてしまわないよう、手で口を押《お》さえていました。

「さあ、見つからないうちに逃《に》げましょう。」とギタがいいます。「こっちのかご売りがころげまわっているあいだに、あっちのかご売りのかごを売りましょうよ。」

ギタは、貧《まず》しいかご売りのところまで走っていきました。

「もしよかったら、あたしがおじさんのかごを売ってあげるわ。」

そして、この貧《まず》しいかご売りがお金を入れるために用意した、ブリキのお皿をさっととります。お皿はまだ空《から》でした。

ギタは、木の切《き》れ端《はし》でお皿をたたき、大きな声でいいます。

「かごだよ！　かごだよ！」

そしてかごをひとつ肩《かた》にのせ、その上にオウムをのせます。オウムはギタといっしょになって、キーキー声をあげました。

「かごだよ！　かごだよ！」ギタは力いっぱいお皿をたたきます。

するとすぐに、ご婦人《ふじん》たちやたくさんの人びとがやってきました。オウムがかごのまわりでキーキーいってブリキのお皿をたたきだすと、すぐに人びとは、この灰色《はいいろ》のかごの方が金色のかごよりも、しっかりしたいいものであることに気づきました。市というのは、こんなものなのです。

さあ、みんなは次から次へと、貧しいかご売りからかごを買いはじめました。

テントの下でもがいているかご売りは、まだ完全に自分の黒い頭を大きなかごから引っぱりだすこともできずにいましたが、ギタとフラピッチはもう、貧しいかご売りのかごを全部売ってしまいました。

貧《まず》しいかご売りはびっくりし、喜《よろこ》び、うれしくて笑《わら》いだしてしまいました。そして、きれいな髪《かみ》をしたギタが、自分を助けるために天から降《お》りてきたのだと思いました。

かごが売りきれてしまうと、ギタはお金を全部ブリキのお皿の中に落とし、それを貧しいかご売りに渡《わた》しました。かご売りはギタとフラピッチを、それはそれはほめました。

それからかご売りは、自分の貧しいアパートにきて泊《と》まるようにといいました。でもギタとフラピッチはまだ市が見たかったので、そういってくれたことにお礼だけいいました。

それからフラピッチがいいます。

「あのかごの下にいる男に捕《つか》まらないうちに、先へ行こう。」

フラピッチとギタは、そこを立《た》ち去《さ》りました。こんなにたくさんの人びとの中では、もうだれもフラピッチとギタを見つけることはできないでしょう。

貧しいかご売りはすわって、ブリキのお皿の中のお金を数えました。ちょうど六十クルーナありました。

かご売りはひとりごとをいいます。

「ああ、いい子どもたちだな。あの子たちが幸せでありますように。」

でも、今日これからフラピッチとギタによくないことが待っていると知っていたら、このかご売りは、ふたりを自分の貧《まず》しいアパートへ連《つ》れていったことでしょう。

メリーゴーラウンドにて

大声を出している売り手の声がかれてくると、市では夜が近いということです。フラピッチとギタはそんな時間、メリーゴーラウンドで回ったり、小さなピストルを撃《う》って遊んだりできるところへきました。

だれだってメリーゴーラウンドに乗れば、気持ちよくなって、悩《なや》みなどみんな忘《わす》れてしまい、楽しい気分になれます。

どのメリーゴーラウンドもみんな回っているのに、ひとつだけとまっているのがありました。そしてまさしく、ここのメリーゴーラウンドがいちばんきれいでした。小さなベルが千個《こ》もついて、全体が銀色《ぎんいろ》をしています。

でもこのメリーゴーラウンドからは、ふたりの男が逃《に》げてしまったのです。ひとりはメリーゴーラウンドの切符《きっぷ》を売っていて、もうひとりは人びとを呼《よ》びこみ、回転する木馬や白鳥に乗って、いろいろな演技《えんぎ》を披露《ひろう》していました。どちらもメリーゴーラウンドに乗って、回っている仕事でした。

もちろんメリーゴーラウンドの持ち主ひとりでは、こんなことができるはずはありません。それに、とても太っているので、メリーゴーラウンドで回ったら、気分が悪くなってしまうでしょう。

「これはいいわ！」とギタがいいます。「この仕事を手伝って、夕食と寝場所《ねばしょ》をもらいましょうよ。」

ふたりは手伝いを申《もう》しでました。メリーゴーラウンドの持ち主は、フラピッチの緑のズボンとはでな帽子《ぼうし》、ギタの銀色《ぎんいろ》のふちどりのスカートとオウムを見ると、とても喜《よろこ》びました。ちょうどメリーゴーラウンドのための身なりをしているように見えたのです。すぐに持ち主は、ふたりを雇《やと》いました。

持ち主は、中に入って機械《きかい》を操作《そうさ》します。フラピッチとギタは、それぞれ木馬に乗りました。ラッパが鳴ります。プー！　プー！　するとすぐに銀色のメリーゴーラウンドが回りはじめ、ベルがいっせいに鳴りだしました。千個《こ》ものベルが！

これは楽しい！　ギタは木馬の上に立ち、手をふって体を右に左にゆすりました。フラピッ

チは大きな声でいいます。

「たったの二クルーナだよ！」メリーゴーラウンドはふたりを乗せて回りだし、すべてがきらきらして見えました。

人びとはほかのメリーゴーラウンドをやめて、みんなここへやってきました。こんなきれいな女の子や、ブーツをはいたはでな男の子がやっているところなんて、ほかにはありませんでしたから。

これは夜遅《おそ》くまで続き、メリーゴーラウンドは、ますます陽気で楽しくなりました。そのなかでもいちばん陽気だったのは、袋《ふくろ》いっぱいのお金を集めた、メリーゴーラウンドの持ち主でした。

フラピッチは、次つぎとお皿いっぱいのお金を運んできます。

どんな靴屋《くつや》の見習い職人《しょくにん》も、この日のフラピッチほど、なんどもなんどもメリーゴーラウンドに乗ったことはないでしょう。そして一人前の職人も、このメリーゴーラウンドほどにはお金をかせげないでしょう。

ブンダシュだけは、フラピッチがこんなにぐるぐる回っているのを見て、どうしたんだろうと驚《おどろ》いていました。

もうとても遅《おそ》い時間になっていました。でもメリーゴーラウンドが回っているあいだは、だれもが時間を忘《わす》れてしまうものです。

ですから、とつぜん運転がとまり、持ち主が太い声で人びとに終わりを告《つ》げたとき、フラピッチとギタは驚《おどろ》いてしまいました。

「ありがとうございました！　もう十一時です。またあした！」

人びとは散《ち》っていき、メリーゴーラウンドの持ち主は、大きな布《ぬの》を持ってきました。そしてギタとフラピッチとともに、布でメリーゴーラウンド全体を包《つつ》みました。もう千個《こ》ものベルも銀色《ぎんいろ》の輝《かがや》きも、木馬も白鳥も見えず、メリーゴーラウンドは大きな灰色《はいいろ》のきのこのようでした。

それから持ち主は、食べ物を売っているテントへギタとフラピッチを連《つ》れていきました。

もう市はがらんとしていました。ただ長いひげのはえた人が何人か、このテントの下にすわっているだけでした。

ギタとフラピッチにとって、市は昼間ほど魅力《みりょく》がありませんでした。

メリーゴーラウンドの持ち主が夕食を注文し、ギタとフラピッチとブンダシュは食事をしました。みんな疲《つか》れていたし、それになんだかあんまり楽しくなかったので、黙《だま》っていました。

夕食がすんで、メリーゴーラウンドの持ち主は立ちあがり、勘定《かんじょう》を払《はら》いました。そして、みんなでメリーゴーラウンドのところまでもどってくるといいました。

「じゃ、さようなら、きみたち。ありがとう！」

ギタとフラピッチはびっくりしました。寝場所《ねばしょ》をくれるものだと思っていたからです。フラピッチはそう持ち主にいいました。

持ち主は、メリーゴーラウンドの中には自分のベッドひとつしかなく、ギタとフラピッチのための場所がないのだと答えました。

これは本当でした。しかもこの人はとても太っていたので、中の機械《きかい》の横にやっと寝《ね》るのでした。

「木馬や白鳥の横には寝かせられないしね。」と短くいってから、さらにいいます。

「外は寒くないよ。市は広いし、どこでも好きなところに寝られるよ。さようなら！　おやすみ！」

そして持ち主は、すこし布《ぬの》をめくって中へ入りこみ、もう見えなくなってしまいました。

ギタとフラピッチ、ブンダシュ、そしてオウムは、夜の暗闇《くらやみ》の中、広い市にぽつんと残《のこ》されてしまいました。

人っ子ひとりおらず、暗闇だけが広がっていました。

どのテントからも、商品の隣《となり》で眠《ねむ》っている、商人のいびきだけが聞こえてきました。

まったく悲しくていやな気分でした。街《まち》はとても広く、百本もの道があり、それぞれの道には百軒《けん》もの家がありましたが、どこかの家の戸をたたくわけにもいかないし、今夜は寝場所《ねばしょ》がないのだ、と夜空の下のふたりはあきらめました。

屋根なしで

フラピッチはギタを見ました。暗闇《くらやみ》の中でよく見えませんでしたが、それでも頭をうなだれ、青いスカートをなでているのがわかりました。

フラピッチは、これがギタの泣《な》きはじめるきざしだということをよく知っていたので、そんなところを見るのはいやでした。そこで陽気にいいました。

「なにもこわがることはないよ！　暖《あたた》かくておだやかな夜だよ。外で寝《ね》よう。すくなくとも空気はたくさんあるよ。窓《まど》を開けなくてもね。」こう冗談《じょうだん》をいってから、もういちどいいます。

「さあ、場所を見つけよう。」

メリーゴーラウンドのすぐそばに、空《から》の袋《ふくろ》と布切《ぬのき》れがありました。商人がこれで商品を運んできたのです。フラピッチはこれを覚《おぼ》えていました。そしてそこまでギタを連《つ》れていきます。

ほとんどなにも見えないので、暗闇の中を手探《てさぐ》りしました。

「ああ、かご売りの家に泊《と》めてもらえばよかった！」とギタがため息をつきます。

「そうしたら、メリーゴーラウンドには乗れなかったよ。」とフラピッチがいいます。ふたりとも、メリーゴーラウンドが回っているとき、たくさんのベルが鳴《な》りひびいているとき、どんなに楽しかったかを思いだしました。

フラピッチは、手探《てさぐ》りで袋《ふくろ》と布切《ぬのき》れをさがしだすと、できるだけきれいにしきました。

「さあ、豆のお姫《ひめ》さまのように寝《ね》るんだよ。」とフラピッチ。

ギタはオウムをそばに置《お》いて、寝床《ねどこ》につきました。

フラピッチとブンダシュは、ならんで地べたに寝ました。

ブンダシュは静《しず》かに、そして悲しそうにクンクン鳴きました。自分のためにではありません。いつも地べたに寝ているのですから。フラピッチのことを思って鳴いたのです。

すべてが悲しい雰囲気《ふんいき》になってしまったので、ギタとフラピッチはなにか話さなければならなくなりました。

「豆のお姫さまって？」とギタがたずねます。

昼間お日さまが輝《かがや》いているときでも、ギタはお姫《ひめ》さまの話を聞きたがったでしょう。だから、いまのように悲しい気分になっているときなどは、なおさらです。

「それは、道に迷《まよ》ってしまって、あるお城《しろ》にたどり着いたお姫さまの話なんだよ。」とフラピッチが語りはじめました。「お城《しろ》はすべてが金で、階段《かいだん》までも金、敷居《しきい》は純金《じゅんきん》でできていました。でもお城には、人を信《しん》じることのできない、年取った女王が住んでいました。女王は道に迷って自分のところへきたのが、本物のお姫さまだとは信じられませんでした。そこで、お姫さまのベッドの上に豆をひと粒置《つぶお》き、その上にわらのマットレスを三枚《まい》、そして羽布団《はねぶとん》を九枚しきました。『わらのマットレス三枚と羽布団九枚を通して豆があることを感じれば、本物の姫だ。』と年取った女王は思いました。翌朝《よくあさ》女王は、お姫さまによく眠《ねむ》れたかどうかたずねました。『ああ』といってお姫さまは泣《な》きだし、『ひと晩中《ばんじゅう》苦しみました。そしてあざだらけです。わたしのベッドに硬《かた》い山がひとつあったのです。』これで女王は、本物のお姫さまだと信じました。本物のお姫さまだけが感じやすく、九枚の羽布団を通しても、豆を山のように感じるのです。そして女王はお姫さまに、自分の女王のマントと金の冠《かんむり》を贈《おく》りました。もう年を取っていて、女王として君臨《くんりん》しているのがつらかったのでした。」

このようにフラピッチは語りました。これは、とても楽しくなるいいお話でした。お話の中には、たくさんの羽布団《はねぶとん》や金のお城《しろ》が出てくるので、フラピッチとギタは、うんと楽しい気分になって眠《ねむ》りにつきました。夜空の下の硬《かた》い地面の上で。

眠りについたときは真夜中《まよなか》でした。このように、フラピッチの旅《たび》の六日目は終わりました。

いま、七日目がやってこようとしています。この晩《ばん》に起きることすべては、まったく予想《よそう》もしないことでした。でも、このようなことは世の中のあちこちにあり、人びとがみんないっしょになって考えても考えつかないようないろいろなことが、世界では毎日起きているのです。フラピッチもこの晩、見知らぬ世界で、信《しん》じられないこと、変《か》わったこと、そして危険《きけん》なことをたくさん体験《たいけん》します。

でも、だからといってあまり心配しないように。フラピッチは小さいけれど、こんなにいい子なのですから、きっと運よくさまざまな危険から身をかわしていくでしょう。

【8】フラピッチの旅《たび》、七日目がはじまって

聞《き》きおぼえのある声

フラピッチとギタは、やっと眠《ねむ》りにつきました。ところがギタは、夢《ゆめ》の中でなにかを聞き、心臓《しんぞう》がドキッとして目をさましました。

ギタは寝床《ねどこ》の上に起きあがり、聞き耳を立てました。どこかで馬がいなないていました。

するともういちど聞こえて、ギタはこの声を知っているような気がしました。

また聞こえました。するとますます、この声を知っているような気がしてきました。

またもういちど聞こえると、ギタは寝床から勢《いきお》いよく立ちあがり、叫《さけ》びました。

「フラピッチ、ああフラピッチ！　だれの馬が鳴いているのかわかる？　フラピッチ、さあ、あたしといっしょにきて！」

もう月が空にのぼり、明るくなっていました。

フラピッチは起きあがり、ブンダシュ、ギタといっしょにテントのあいだを通《とお》りぬけ、ときどき馬のいななきが聞こえてくる方へ行ってみました。

すこし行くと、広い空き地に出ました。その空き地の真《ま》ん中《なか》には大きなテントが立っていましたが、扉《とびら》は閉《し》まり、眠《ねむ》っているかのように静《しず》かでした。扉の上には長くて黒い板が張《は》ってあり、その板には大きな字が書いてありました。

これはなんと、ギタのいたサーカスだったのです！

「ねえ、フラピッチ、フラピッチ！」ともういちどギタが叫《さけ》びます。「鳴いているのはあたしのソコよ。あたしの大好《だいす》きなかわいいソコ！」

ギタはその瞬間《しゅんかん》、サーカスの団長《だんちょう》にたいする恐《おそ》れも、また、もう団長のところにもどらないつもりだということも忘《わす》れてしまい、ただ自分の馬のことしか頭にありませんでした。長年サーカスで喜《よろこ》びも悲しみも分かちあってきた馬、世界中でいちばん好きな馬のことだけしか。ギタはもう、自分の馬にたまらなく会いたくなり、その気持ちに打ち勝つことができませんでした。

「ねえ、フラピッチ。あたし、ソコに会いに中へ入るわ。」

「そんなことしたら団長に見つかって、ぼくたちは別《わか》れなければならなくなるよ。」と悲しそうにフラピッチがいいます。

「別《わか》れたりしないわ！　あたし、団長《だんちょう》のところにもどるつもりなんてないもの！　サーカス団のみんなはいま眠《ねむ》っていて、だれにも聞こえないわ。みんな演技《えんぎ》で疲《つか》れているんですもの。」とギタがささやきます。「ねえお願《ねが》い、中に入りましょうよ。」

サーカスのテントと同じように麻布《あさぬの》で作った馬小屋が隣《となり》に立っていて、ふたりはそのすぐそばにいました。

ギタはもちろん、どこから入ることができるかよく知っていました。そこで馬小屋のテントの一か所をすこし持ちあげ、もういちどささやきます。

「ほらフラピッチ、ここから入れるわよ。」

ギタはすぐさま馬小屋にしのびこんでしまい、そのあとにフラピッチとブンダシュが続きました。ああ、なんてはらはらさせられるんでしょう！

サーカス小屋での夜

入口の近くに男の人がひとり、わらの上で眠っていました。

「大丈夫《だいじょうぶ》よ。」とギタがささやきます。「この人は耳元でラッパをふいたって、目をさましはしないわ。演技《えんぎ》のあとはどんなにぐっすり眠《ねむ》るのか、あたしにはわかっているの。」

また、一本の棒《ぼう》切《き》れが立っていて、それには輪《わ》がかかっていました。ここは、ギタのオウムがいつもいた場所だったのです。

ギタはオウムを輪の上におろしました。オウムは長年いた場所にもどったことがわかると、こう思いました。

「これで万事《ばんじ》オーケーだ。」そして頭を翼《つばさ》の下にして、眠ってしまいました。もちろん、これはオウムだけが感じたことでした。

さあ、フラピッチとギタは、さらに危《あぶ》ないことをしようとしています。

ふたりは眠っている男の人の横を、なんとかうまく通《とお》り抜《ぬ》けました。

馬小屋では、明かりが輝《かがや》いていました。

フラピッチは、馬小屋の両側《りょうがわ》に、四頭ずつ馬がいるのがわかりました。八頭の馬、これはもちろんサーカスですから多いとはいえませんが、フラピッチにはとても多く感じられました。

「わあ、」と小さな声でいいます。「なんてたくさん馬がいるんだ。そしてなんていい馬なんだろう。」

でもギタは聞いていませんでした。もう自分のかわいい馬のところにいたのです。

「ソコ！　あたしの大好《だいす》きなソコ！」と馬にささやき、首に抱《だ》きついて、手で白い背中《せなか》をなでました。

ソコはふりむき、きれいな頭をギタの肩《かた》にもたせかけ、満足そうに静《しず》かに鳴きました。

「あたしのソコ！　かわいいソコ！　どうやってあなたをおいていけるっていうの！　どうやって！」とギタがささやきました。

フラピッチは、馬小屋の中をすこし先へ行きました。

「この黒馬はいちばんいい馬だね。」と静かにギタにいいます。

「黒馬なんかいないわよ。」と小さい声でギタが答えます。

「ほら、ここにいるよ。」とフラピッチ。

ギタはフラピッチのところまできてみました。本当に！　ふたりの前には石炭《せきたん》のように真《ま》っ黒《くろ》い子馬が、お日さまのように輝《かがや》いていました。たてがみとしっぽはとても短く刈《か》ってあり、関節《かんせつ》の回りには、黄色いきれいなおおいがしてありました。

ギタは馬を見て驚《おどろ》きました。そして、長いあいだ馬をながめてからいいます。

「これは本当に驚きだわ！　これはきのう、黒い男とグルガが馬車を引かせていた黒馬よ。たてがみとしっぽは短く刈ってあるし、黄色いおおいもしてあるけど、やっぱりあの馬よ。」

フラピッチは信《しん》じられませんでした。ふたりとも飼い葉桶《かばおけ》のところまできて、近くから黒馬をよく見ました。

ところがそのとき、ギタとフラピッチに恐怖《きょうふ》がおそいかかります。

突然《とつぜん》、だれかがサーカスのテントの中を通って、馬小屋の方へやってくるのが聞こえたのです。低い男の声と、サーカス小屋の砂《すな》の上を、重い足取りで歩く足音が聞こえてきました。

「ああ、どうしましょう！　どうしましょう！」恐《おそ》れを感じたギタがささやきます。「サーカスの団長《だんちょう》だわ。ねえ、フラピッチ、あたしのフラピッチ、あたし、あの人のところにいたくないのよ、こわいわ！」

いまフラピッチとギタにできることは、急いで黒馬の前の飼い葉桶の陰《かげ》にかくれることしかありませんでした。

フラピッチとギタとブンダシュは、急いで飼い葉桶の陰にすべりこみました。黒馬の下にはわらがありました。フラピッチは手で、飼い葉桶の前にわらを積《つ》みあげて、見えないようにしました。

そのとき、馬小屋に男がふたり入ってきました。

さらなる危険《きけん》

「ああ、いったいだれがきたんだろう。」フラピッチがギタにささやきます。ふたりは飼《か》い葉《ば》桶《おけ》の陰《かげ》にしゃがみ、わらを透《す》かして見ていました。かくれているネズミのように静《しず》かにしていましたが、心臓《しんぞう》だけはドキドキと鳴っていました。

ふたりの男が明かりの下までくると、ギタとフラピッチにはそれがだれだかわかり、もっと大きな恐怖《きょうふ》がおそってきました。

その男たちは、サーカスの団長《だんちょう》と黒い男だったのです。

「ああ、この人たち、どこで知りあい、こんな遅《おそ》くに馬小屋でなにをしているんだろう。」ギタもフラピッチもこう考え、ますます心臓がしめつけられるように感じました。

ところが、もっとおそろしいことが起こります。黒い男と団長が、まっすぐ黒馬の方へ歩いてくるのです！　そして、ギタとフラピッチのすぐそばまできてしまいました。もう男たちとのあいだには、ひと握《にぎ》りのわらしかありません。

さあ、ギタとフラピッチは、じっとしているのが大変《たいへん》です！　まわりのわら一本もカサッといわないように、できるだけそっと息をしていました。

「ブンダシュ、ぼくのブンダシュ！　ほえないでおくれ。」フラピッチはブンダシュの耳元でささやき、強く抱《だ》きしめます。ブンダシュが黒い男に気づいたら、どんなにびっくりするかわかっていたのです。でもブンダシュはおとなしくしていて、フラピッチの手がふるえているのを感じると、死んだように静《しず》かにしていました。

すると、黒い男とサーカスの団長《だんちょう》が、話をはじめました。

ふたりの悪党《あくとう》

フラピッチがこんなに貧《まず》しくなければ、こんな悪い男たちを見ることもなかったでしょう。どんぶりの中にたくさんのそら豆があれば、虫食いのそら豆はわずかしかないように、世の中に悪い人というのは、幸いなことにひと握《にぎ》りしかいないのです。ですから、このとき、このあたりには、悪党《あくとう》はこのふたりしかいなかったことでしょう。でもフラピッチは貧しい子で、貧しい子どもというのは、世の中をよく知っているものなのです。

フラピッチがそんなに貧しくなければ、こんな夜中に、飼《か》い葉桶《ばおけ》の陰《かげ》でしゃがんだり、黒い男とサーカスの団長のおそろしい話を聞いたりすることも、きっとなかったことでしょう。

「あす、サーカス団《だん》といっしょに町を七つ越《こ》え、八つ目の町へ行く。」とサーカスの団長がいいます。「おれが磨《みが》きあげた黒馬を、とにかく見てみろ。絹《きぬ》や馬具や鞍《くら》がのれば、だれもこの馬だって気づきはしないさ。心配するな。」

「心配なんかしてねえさ。おまえが山の狐《きつね》よりもかしこいことはわかってるぜ。」と黒い男が答えます。「でも早いとこ黒馬の分、払《はら》ってもらおうじゃねえか。こいつを手に入れるのは、楽じゃなかったんだからな。」

「払うよ。」と団長がいいます。「でもそのまえに、この馬の持ち主だった男は、いまどこにいるんだ？」

「そいつのことは心配するな！　その男は森だよ。森の奥深《おくぶか》いところだ。いちばん頑丈《がんじょう》な樫《かし》の木に、縄《なわ》三本でしばりつけといた。おれがしばったからには、絶対《ぜったい》に逃《に》げられやしないさ。市に行くなんてもってのほかだ。」

こういって黒い男は、悪党《あくとう》がよからぬ話をしたときだけの、いやな笑《わら》いかたをしました。やっと団長は重い財布《さいふ》を出して、金貨《きんか》を数え、黒い男の手の中に置《お》きました。でもこの男たちの手はとても黒かったので、金貨まで黒く見えました。

「さあ、さらばだ。馬車が待ってるし、夜のうちに、まだ先を急がなけりゃならねえんだ。」

と黒い男がいいます。

「どこへそんなに急ぐんだ？」と団長《だんちょう》。

「今晩《こんばん》夜が明けるまえに、牛一頭をいただきに行くんだ。夕べのうちにグルガをそっちへ行かせ、待たせてある。でもグルガはあんまり信用《しんよう》できねえ。」と黒い男。

「でも、どこへ牛をちょうだいしに行くんだ？」と団長はたずねます。

「おれはまだ、行ったことはないんだ。でもその道にあるのはその一軒《けん》だけだし、家には女と子どものほか、だれもいないらしい。だからかんたんな仕事さ。ただ、そこまで三時間はかかる。回り道して行くからな。」と黒い男がいいます。

「でもいちども行ったことがなくて、どうやってその家をさがしだすんだ？」と団長。

「かんたんさ。その家は小さいし、古くてつぎはぎだらけ、それに大きな青い星がついていると聞いた。」と黒い男は答えます。

そして馬小屋を出て、サーカスのテントの方へ行きました。テントの前で、「じゃあな。」「気をつけろ。」という声が聞こえ、そのあとふたたび静《しず》かになりました。

フラピッチの決心

あたりが静《しず》かになると、ギタとフラピッチとブンダシュは、飼《か》い葉《ば》桶《おけ》の陰《かげ》から出てきました。

いまのフラピッチがどんな気持ちか、だれにも想像《そうぞう》できないでしょう。

いま聞いた話で、黒い男とグルガが市に行った男をおそい、商品と馬を略奪《りゃくだつ》したうえ、その男を森の中にしばったということがわかりました。でもフラピッチがもっと落ちつかなくなったのは、この男《おとこ》たちが、今晩《こんばん》マルコのところへ牛を盗《ぬす》みに行く、ということを知ってしまったからなのです。あんな貧《まず》しい親子から牛を盗むなんて！　黒い男がマルコの家のことをいっていたのは確《たし》かです。あんなに小さくて、古く、しかも窓《まど》の下に大きな青い星があるのなんて、あの家だけですから。

いろいろ考えてから、フラピッチは短くこういいました。

「ギタ、お別《わか》れしよう。ぼくは急がなきゃならないんだ。団長《だんちょう》のところにいなよね。泣《な》かないで。」

ところがギタは、フラピッチがこれをいいおわらないうちに、泣きだしました。

「どこへ行くの、フラピッチ？」とささやきます。

「黒い男が着くまえに、マルコの家へ行って、お母さんに牛を見張《みは》っているようにいわなければならないんだよ。」とフラピッチは答えます。

ああ、あわれなフラピッチ、あなたはなんていい子なんでしょう。でも道のりは長く、フラピッチの足はあまりにも小さいのです。

「フラピッチ、フラピッチ。それは遠いところよ。それに黒い男は馬車なのよ。」とギタがささやきます。

「だからこそ急がなきゃならないんだ。さようなら、ギタ。きみはここにいた方がいいよ。」とフラピッチ。

「あたしもいっしょに行くわ。」といって、ギタは泣《な》くのをやめました。

フラピッチには、もう話をしているひまはありませんでした。だからなにも答えずに、入ってきた場所へもどり、テントを持ちあげ、ブンダシュといっしょに月の照《て》っている外へ出ました。そのあとにギタが出てきました。

フラピッチはなにも話しませんでした。フラピッチのブーツは、街《まち》の長い石畳《いしだたみ》の道を、勢《いきお》いよくたたいて進みました。そのあとから同じように、ギタの小さい靴《くつ》が急いで道をたたきました。パタパタとといちばん速いのは、ブンダシュの足でした。

フラピッチとギタが黒い男についてなにか話しだすのではないかと、この街《まち》のみんなが窓辺《まどべ》で耳をそばだてているかのように思われましたが、いつのまにか街からも出てしまいました。

いま、ふたりの前には、月の光の中に、長くて終わりのない道が横たわっていました。

遠くの青い星のついた家も、月が照《て》らしているのかどうか、そして月明かりがぶじ、フラピッチとギタをこの家まで案内《あんない》してくれるのかどうかは、だれにもわかりません。

夜通しの旅《たび》

草と花は、夜、話をするのだと人はいいます。もしそれが本当なら、この夜は野原中でささやき声が聞こえたことでしょう。

「ああ、小さな子どもたちよ！　こんな夜中にどこへ行くの？」

しかしフラピッチは、長い道のりだなんて考えもしませんでした。そして、あの馬車に乗っている男より早く行けない、なんていうことも。ただ、絶対《ぜったい》に夜明けまえにマルコの家へ着かなければならない、ということだけが頭にありました。それでよかったのです。そう考えれば、足は自然に動きますから。

とても頑丈《がんじょう》なフラピッチの足は速く動きましたが、ギタはそろそろ疲《つか》れてきました。ギタはマルコを知らないので、フラピッチほど助けたい気持ちが強くありません。

「フラピッチ、あたし、ちょっと休みたいわ。」すこしたって、ギタがいいます。

夜、人は小さな声で話します。あたりが静《しず》かなので、なにを話しているのか遠くまで聞こえてしまうからです。

「ぼくは疲れていないよ。」とフラピッチがいいます。「時間がないよ。さあ、もうすこし、ギタ。」ギタがいっしょだと大変《たいへん》だ、と、フラピッチは不安《ふあん》になりました。

ギタはすこしだけため息をついて、また道を進みます。

ギタは黒馬のこと、グルガのこと、そして黒い男のことをずっと考えていました。街《まち》にはあんなにたくさんの警官《けいかん》がいるのに、どうやって黒馬を連《つ》れてきたのか考えていたのです。結局《けっきょく》、フラピッチにたずねました。

「どうしてかしら、フラピッチ。黒い男とグルガは、街に黒馬を連れてきたとき、なぜおまわりさんに捕《つか》まらなかったのかしら。」

「それはね、おまわりさんはふつう、道の角に立っているけど、悪者たちは道の真《ま》ん中《なか》を馬で走ったからさ。」とフラピッチは答えました。

ギタはなんだか変《へん》だと思いましたが、フラピッチは見習い職人《しょくにん》だから、きっと自分よりものを知っているのだろうと、すぐに思い直しました。こうしてもういちど、ギタは黙《だま》ってしまいました。

結局《けっきょく》こんなふうに話をしても、気分はまったく変《か》わりませんでした。夜の道ではどんな会話もとても奇妙《きみょう》で、夜中に野原を歩いたことのない人には、夢《ゆめ》でもみているかのように思えるでしょう。

ギタとフラピッチのそばを、鳥のように羽をパタパタさせて、大きな蛾《が》がなんども通りすぎます。道の脇《わき》の草の上では、ギタのすぐそばを、針《はり》を逆立《さかだ》てたハリネズミが小走りにかけぬけ、野原ではなんどもウサギの長い耳が草から突《つ》きだして見えました。また、カサカサいってそばの茂《しげ》みの中を走るのは、ウズラでした。

夜、動物《どうぶつ》たちは昼間ほど臆病《おくびょう》ではなく、人から逃《に》げたりもしません。というのは、人間は夜をこわがるのだということを知っているし、自分たちはこわくないからです。

フラピッチとギタにとっても、やはりこのような真夜中《まよなか》に大きな道にいるのは、おそろしいことでした。でもふたりには、ブンダシュがいました。ブンダシュはふたりの前を元気に走り、しっぽをふり、頭をあげてフラピッチの方をふりかえり、まるで話しかけているかのようでした。「さあ、大丈夫《だいじょうぶ》だよ。ぼくはなんでも知っているんだから。」といっているようでした。

しばらく行くと、またギタがいいます。

「フラピッチ、すこし休ませて。あたし、もう歩けないわ。」

ギタの足はフラピッチの足よりさらに小さく、その上、フラピッチはブーツをはいていましたが、ギタがはいているのは小さな絹《きぬ》の靴《くつ》でしたから、むりもないでしょう。

「ギタったら！　ぼくたちは、まだまだ長い道を歩かなければならないんだよ。まだたくさんの村と、分岐点《ぶんきてん》をひとつ通らなければならないんだ。」とフラピッチがいいます。

フラピッチが「分岐点」というと、ギタははっと思いだしました。きのうあの分岐点で、こわがっている馬がものすごい勢《いきお》いで馬車を引いて突《つ》っ走《ぱし》ってきて、自分たちの前で黒い男が倒《たお》れたことを。

「フラピッチ、フラピッチ、黒い男の馬車がすごい勢いで走ってきて、ここにいるあたしたちを見つけてしまうわよ。」といってギタは泣《な》きだしました。

ギタがわっと泣きだすと、もう絶対《ぜったい》に先へ進むことはできません。ギタは道の脇《わき》にすわってしまい、手で顔をおおいました。

フラピッチはギタの前に立ち、黙《だま》っていました。「さあ、どうしたらいいだろう？」ギタをひとり夜の道においていくわけにはいかないし、また、ギタといっしょだと、どうやっても夜明けまえにマルコの家に着くことはできません。フラピッチは悲しくなりました。黒い男がマルコのまだらの牛にこっそり近づいて連《つ》れだしてしまうのが遠くから見えるような、また、聞こえてくるような気がしました。

「どうしよう？　どうしよう？」フラピッチは考えました。

ああ、夜中の道に悲しく立っている見習い職人《しょくにん》を助けてあげる人はいないのでしょうか。

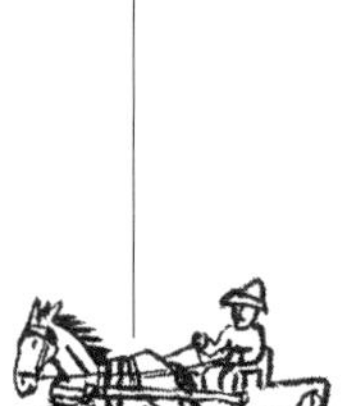

霧《きり》の中の馬車

どうしていいのかわからないフラピッチは、突《つ》ったったまま助けを求めるかのように、左右を見ました。

いまきた道をふりかえって街《まち》の方を見ると、遠くの方でなにかが動いています。

ところが、野原の上にはどこからか、霧《きり》がはいだしてきて道にまでしのびより、月の光だけでは、霧の中で動いているものがなんなのかわかりません。静《しず》かなカタカタという音だけが聞こえてきました。

こんな夜中には、人はまず「味方がきた。」とは思わず、だれだって「これは敵《てき》だ。」と思うものです。

やってくるのが馬車だとわかると、フラピッチもそう思いました。

フラピッチは落ちつきませんでした。ギタは泣《な》きながら、こうささやきました。

「ああ、フラピッチ、なぜあたしたち、夜中なんかに出発したの?」

ブンダシュだけは頭を高く持ちあげて、満足そうでした。

馬車は近づいてきます。まるで大きな山が道をころがっているようでした。霧《きり》の中ではどんなものも、実際《じっさい》より三倍も大きく感じるものです。

すると馬車はもう、フラピッチとギタの近くまできていました。

やせた馬を走らせて、男が馬車に乗っているのが見えました。

そこで親切な月が銀色《ぎんいろ》の光で、もっと明るく馬車と男を照らしてくれると——フラピッチとギタはうれしくなって、大声を張《は》りあげてしまいました。

味方だとわかったのです。あの市の、貧《まず》しいかご売りだと。

助け

これは、奇跡《きせき》でもなんでもありませんでした。かご売りは、ギタとフラピッチが、真夜中《まよなか》の道で助けを必要《ひつよう》としていたからここにやってきたわけではなく、ふたりがいなくても、ちょくちょくこの道を通っていたからです。

街《まち》の近くには、かご作りのためのよい材料《ざいりょう》がなかったので、かご売りはいつも、馬車で遠くの林まで行くのでした。この貧《まず》しいかご売りのように、これほど遠くまで材料を求めて出かけていく者は、だれもいませんでした。それだからこそ、このかご売りのかごほど、しっかりしていてよいものはなかったのです。

それにしてもなぜ、このかご売りが、街でもっとも貧しくなければならないのでしょう。よい材料を求めて、こんな遠くまで出かけていき、もっともよいかごを編《あ》むというのに。このことについて考えているひまは、いまのフラピッチにはありませんでした。こういうことについては、街のかしこい人たちが長い本に書いていますが、その人たちにも世の中がなぜこうなってしまうのかわからないのです。

フラピッチとギタとブンダシュは、馬車にかけよりました。

月の光の中、このふたりとブンダシュを見たかご売りは、この子たちは天から降《お》りてきて、夜、月の光の中で旅をし、昼間は貧《まず》しい人たちを助けているのだ、と、まえよりももっと強く信《しん》じてしまいました。

でもいま助けを必要《ひつよう》としているのはフラピッチたちの方で、とちゅうまで馬車に乗せていってほしいと、かご売りに頼《たの》みました。

かご売りは、市でとても親切にしてくれたこの子どもたちを助けることができて、それはうれしく思いました。こうして、フラピッチとギタは馬車に乗り、かご売りはやせた馬を走らせました。

さっそくフラピッチは、なぜ夜中に旅をしているのか、かご売りに話しました。そしてさいごにこういいました。

「夜明けまえに、道に一軒《けん》だけしかない青い星のついた小さな家に行かなければならないんです。」

「その家の場所は知ってるよ。」とかご売りがいいます。「これから行く林から遠くないよ。林に着いたら、その家へどう行ったらいいか教えてあげよう。夜が明けるずっとまえに着けるよ。」

これを聞いてフラピッチがどんなに喜《よろこ》んだか、みなさんにもわかりますよね。すぐに道がぐんと近くなった感じがしました。

かご売りのやせた馬は、速く、よく走りました。飼《か》い主《ぬし》がよいと、かならず馬もよい馬になるものです。いまこの馬は、主人が急いで自分を走らせているので、なにか大切なことがあるにちがいないと察《さつ》したのでした。

フラピッチとかご売りがおしゃべりをしているあいだ、馬車が同じリズムでカタカタというのを聞きながら、ギタはうとうとしはじめました。ブンダシュはあいかわらず元気に、左の車《しゃ》輪《りん》の脇《わき》へ行ったり、右の車輪の脇へ行ったりして走っていました。この世に犬と車輪が生まれてからは、いつもこんなふうなのです。

こうして、道が二方向に分かれる、分岐点《ぶんきてん》にきました。

「山を越《こ》えて森を通る、こっちの道を行くよ。この方が近道だからね。」とかご売りはフラピッチにいいます。

「ああ、そっちに行かないで。」森を通ると聞いて、目をさましたギタが叫《さけ》びます。「それはどこかの男の人が、強盗《ごうとう》にあった森よ。」

でもかご売りは、もう何年もこの道を通っていたので、ギタとフラピッチの話したことが信《しん》じられませんでした。そこでいいます。

「これはかごの材料《ざいりょう》のある林へ行く、ずっと近い道なんだ。こわがることはないよ。まだその森で、悪い男なんか見たことないからね。」

かご売りはとても貧《まず》しく、貧しい人はあまりこわがったりしません。

こうして馬車は、山と森へ通じる道に入りました。

フラピッチには、この方がよかったのです。この方が、マルコの家への近道だと知っていたからです。だれかを助けに行く人は、なにも恐《おそ》れたりしないものです。ただ、まにあわないことだけを恐れるのです。

フラピッチとギタは、またふたりだけに

まず山道を走り、そして森に入りました。森は月の光に明るく照《て》らされ、明るいお城《しろ》のようでした。
月はまだはっきり見えていました。空にすこしでも雲があったら、フラピッチもかご売りも、あたりがよく見えなかったでしょう。まわりは森なのですから。

こうして森を抜《ぬ》けると、フラピッチは、そこがあまり高くない山の頂上《ちょうじょう》だとわかりました。

かご売りは、馬車をとめていいました。

「さあきみたち、この左側《ひだりがわ》の小道を行くと、青い星のある家に着けるよ。雑木林《ぞうきばやし》までは、そこをくだっていくんだ。雑木林の小道を抜《ぬ》けると、すぐにその家が見えるよ。」

空に大きな雲が出てきたので、かご売りはそのあとこう続けました。

「雲が月にかかるまえに、馬車から降《お》りた方がいい。」

ギタはまだなにかいいたそうでした。もういちどフラピッチとふたりだけになると聞いて、どんなにおそろしく思ったことでしょう！

でもフラピッチは、すぐに馬車から降り、かご売りにいいました。

「助けてくれて、ありがとうございました！」

かご売りは、ギタを馬車から降ろしていいました。

「気をつけてな、きみたち。」

そして馬を走らせ、右側《みぎがわ》の坂《さか》をくだっていきました。フラピッチはギタにいいます。

「ぼくたちは、左側の坂をくだっていくんだよ。」

とても速くことが進んだので、ギタがなにかをいったり、とがめたりするひまもありませんでした。

このようにして、またギタとフラピッチは、ブンダシュとともに月の光の中の森と雑木林《ぞうきばやし》の道に残《のこ》されてしまいました。

もういちど遠くから、かご売りがふたりを呼《よ》びます。

「きみたち！」

「オーイ！」とフラピッチが答えます。森や山では、このオーイほどよく聞こえるものはなかったからです。

「気をつけな！　道の近くに、突《つ》きでた岩があるんだ。」

そして本当に、ギタとフラピッチのすぐそばの月の光の中に、大きな岩が見えました。そこは石が掘《ほ》りだされる場所でした。

暗闇《くらやみ》の中、そこを通るのは危《あぶ》ないでしょう。足をすべらせ、ころんでけがをしてしまいそうです。

でもフラピッチとギタは、明るい月の光の中、なんの問題もなく岩の横を通り、それからすぐに山からおりて、もういちど平野に出ました。

フラピッチはうきうきしました。この雑木林の裏《うら》には道があり、そこには青い星のついた、マルコの家のあることがわかっていたからです。

かご売りがいったように、月が明るく照《て》っているうちは、すべてがうまくいくでしょう。

雑木林《ぞうきばやし》の暗闇《くらやみ》の中で

雲は、人が思うように出てきたりはしません。風が運《はこ》んでくるのですから。

雑木林まではずっと、昼間のように道がはっきり見えました。

ところが、雑木林に入ってしばらくすると、どんどん暗くなっていきました。雲がやってきて、月にかかってしまったのです。

雑木林を通る小道はせまく、よく見えなくなってしまいました。

「さあ、歩くんだ！　さあ！」とフラピッチは自分にいいきかせます。「ぼくはどんなところでもよく見えるんだ。」

こうすると、とてもうまくいきました。すぐに、目がずっとよく見えるようになったのですから。

ギタは暗闇《くらやみ》の中ではなにも見えなかったので、フラピッチのあとについていきましたが、ブンダシュはフラピッチの前を歩きました。

そうするとまた雲がやってきて、こんどは月をすっぽり隠《かく》してしまいました。厚《あつ》く重い雲でした。さあ、雑木林はもう真《ま》っ暗《くら》になってしまい、なにも見えません。

フラピッチは手探《てさぐ》りで道をさがし、茨《いばら》や小枝《こえだ》がギタの青いスカートに引っかかりました。

「もうこれ以上《いじょう》行けないや。」とフラピッチはいいます。「道が見えないから、まちがった方へ行ってしまうかもしれない。」

急いでいるのに、とても悲しいことでした。

でも、フラピッチは悲しんだりしたくないので、空を見あげ、早く雲が行ってしまわないかと考えていました。マルコの家は、もうそう遠くはないのですから。

「ちょっとすわって待とう。」とフラピッチはギタにいいます。

そして暗闇《くらやみ》と静《しず》けさの中、ふたりは木の切《き》り株《かぶ》にこしかけ、黙《だま》りこんでしまいました。

ふたりのまわりの木ぎには、きっと鳥がたくさんいたことでしょう。クロウタドリやシジュウカラや野生の鳩《はと》などが。でも鳥《とり》たちも、フラピッチとギタと同じように黙っていました。たぶん狐《きつね》を恐《おそ》れているからでしょう。

「ああ、マルコの家にまにあいさえすればなあ!」とうとうフラピッチが口を開きました。

「ああ、黒い男がこの道を通ったりすることさえなければねえ！」とギタがため息をつきます。

「あの男は、回り道をして行くといっていたじゃないか。これは近道なんだよ。」とフラピッチ。

このとき、雑木林《ぞうきばやし》はなんだか、もうまえのように静《しず》かではないような気がしてきました。

ふたりの後ろの方の、雑木林の向《む》こう側《がわ》で、なにかがカサカサいっています。

「ああ、フラピッチ！　いったいなんなの？」とギタが小声でいいます。

「たぶんウサギだよ。」とフラピッチは答えます。

そうすると、乾《かわ》いた小枝《こえだ》がパチパチいう音が聞こえます。

「ああフラピッチ、フラピッチ！　なんなの？」ギタは暗闇《くらやみ》の中で、もっと声を小さくしてささやきました。

「狐《きつね》かもしれない。」とフラピッチは答え、切《き》り株《かぶ》から立ちあがり、自分の横にブンダシュを引きよせます。

でも、まだ月が雲に隠《かく》れていたので、なにも見えませんでした。

すると、茂《しげ》みの中のパチパチという音が近づいてきます。ボキボキと枝の折《お》れる音がし、フラピッチには、なにか大きなものが、雑木林を通っていくのがわかりました。

「ああフラピッチ、フラピッチ！　狐じゃないわ！」ただ息をしているだけのような小さな声で、ギタはいいました。

「それじゃあ……。」とフラピッチがいいかけると……。

その瞬間《しゅんかん》、ギタはあらんかぎりの声で叫《さけ》んでしまいます。

「フラピッチ！　フラピッチ！」

ギタのすぐそばで、せきをしたのです。――男が。

恐怖《きょうふ》

ギタが叫ぶと、とつぜん、茂《しげ》みの中のカサカサという音がとまりました。
おお！　これはさらにおそろしいことです。この静《しず》けさ、そして暗闇《くらやみ》、なにひとつ動きません。
でもやはりフラピッチとギタには、この茂みの中に、しかもすぐそばに、男がいることがわかりました。いったい、だれなのでしょう、そしてなにをするつもりなのでしょう！
なにも動かないなか、やはり動揺《どうよう》しているブンダシュだけが、ぐいぐい引《ひ》っぱり、ふるえているのをフラピッチは感じました。

そうすると——とつぜん——茂みがゆれだし、フラピッチとギタの後ろで、乾《かわ》いた枝《えだ》がパチパチと音をたて——背《せ》が高く幅《はば》の広い男が、自分《じぶん》たちの前をすばやく通り、小道に出ていくのが見えました。そしてそのすこしあと——男がマッチをするのが聞こえました。

マッチがつきました……。

この本をここまで読んだ人は、そしてフラピッチが好《す》きになった人は、いまは本を閉《と》じて、あしたまで先を読まないのがいちばんです。

驚《おどろ》き

マッチに火がつきました。男のまわりが明るくなりました。フラピッチは男の顔を見ました……。

ムルコニャ親方！

ああ、なんということでしょう！　まさしくムルコニャ親方なのです！　服はすりきれ、顔は青ざめていましたが、フラピッチの前に立ち、快《こころよ》い声で叫《さけ》びました。

「本当におまえか、フラピッチ！」

「親方！」フラピッチが叫んだのはこれだけでしたが、こわかったのか、うれしかったのか、両手を親方の方へさしだしました。

さあ、そうすると、ムルコニャ親方はどうするでしょう？

ああ、なんとも信《しん》じられないことです！

ムルコニャ親方はすばやくかけより、フラピッチを抱《だ》きよせていったのです。

「おお、おれのかわいいフラピッチ！」

それからはじめて、ムルコニャ親方はフラピッチの顔と頭をなでました。

このことは、この晩《ばん》起きた、いえ、生まれてこのかた起きたどんなことよりも、フラピッチをびっくりさせました。

さらに驚《おどろ》いたことに、この瞬間《しゅんかん》、ムルコニャ親方とフラピッチはちょっと泣《な》きだしてしまったのです。親方と見習い職人《しょくにん》には、ふつう、涙《なみだ》は似合《にあ》わないのですが。ふたりとも男ですから、泣くなんて許《ゆる》されませんものね。

こんなことになったのは……

それから、雑木林《ぞうきばやし》の暗闇《くらやみ》の中で、フラピッチとムルコニャ親方とギタは、同じ切《き》り株《かぶ》にこしかけました。

三人はいま起きたことにとても感激《かんげき》してしまい、なにをすればよいのか、そしてまずなにを話せばよいのか、まだよくわかりませんでした。ちょうど雲からふたたび出てきた月までも、切《き》り株《かぶ》にこしかけているのがだれなのかを見て、びっくりしているようでした。

ブンダシュだけは、驚《おどろ》いていませんでした。前足をフラピッチのひざにのせ、フラピッチとムルコニャ親方を交互《こうご》にながめていました。

ブンダシュは、ここでフラピッチとムルコニャ親方が会ったのは、ブーツや靴《くつ》を裁断《さいだん》するためだと信《しん》じていました。親方がはさみをとりだし、革《かわ》を持ってくるのを待ちかねていました。犬というのは、新しいものごとを想像《そうぞう》することはできず、これまでなんどもあったことだけを考えるものなのです。

そのうちムルコニャ親方は、どうしてここにやってきたのか話しはじめました。フラピッチはこのあと八日間、小さな見習い職人《しょくにん》の頭で、どれだけこのことをくりかえし思いだしたことでしょう。

この本を読んでいるみなさんも頭を悩《なや》ませないように、ムルコニャ親方になにが起きたのか、かんたんにお話ししましょう。

ムルコニャ親方は二日まえ、商品を持って市へ馬車を走らせていたとき、森の中で強盗《ごうとう》にあったのでした。親方が、ものごいの老女《ろうじょ》ヤナの話していた、あの強盗《ごうとう》にあった商人なのでした。

それは、このように起きたのです。

ムルコニャ親方は明けがたひとりで、森の中を市へ馬車を走らせていました。馬の持ち主だった御者《ぎょしゃ》は、ほかの馬車で先へ行ってしまっていたのです。

ムルコニャ親方が森でいちばん木の生《お》い茂《しげ》ったところまでくると、待《ま》ち伏《ぶ》せしていた男ふたりが飛《と》びかかってきました。

そして親方を馬車から放《ほう》りだし、しばり、森の奥《おく》へ連《つ》れていきました。そこで木にしばりつけると、食べ物も飲み物もなく置《お》き去《ざ》りにしたのです。

丸二日、ムルコニャ親方はこのように木にしばられたままでした。もう助かる希《き》望《ぼう》もなくなり、神さまに魂《たましい》をゆだね、人生でしてきたよいこと、悪いこと、すべてを考えました。そしてフラピッチのことを思いだし、生きているうちにもういちどだけ、どうしても会いたいと思いました。

人は二日間、食べることも飲むこともできないで木にしばられていると、いろいろなことを考える時間があります。そうすると、自分のところで働《はたら》く見習い職人《しょくにん》のことも、仕事場でどなっていたときとはまったくちがうふうに考えるのです。

ムルコニャ親方は、ついに頭をたれ、この木から生きては絶対《ぜったい》に解放《かいほう》されないだろうと思い、もうなにも望《のぞ》みませんでした。

こんなふうに、親方はフラピッチに話しました。

「でも今晩《こんばん》」とさらに話を続けます。「強盗《ごうとう》のひとりが、月の光の中をこっちに向かってやってくるのを見たんだ。おれの最期《さいご》を見にきたんだと思った。だがその男は、おれに近づき、しばっていた縄《なわ》をほどきはじめたんだよ。おれを自由にすると、こういったんだ。

『気をつけて行け。そして急いでこの森から逃《に》げろ！』

それからさらに、ポケットから、結《むす》んであるハンカチを取りだしたんだ。ハンカチには銀貨《ぎんか》がくるんであった。男は銀貨をおれにさしだし、おだやかな声でいった。

『この金を受けとれ。この金を手に入れてから、おれの心は悪い方からよい方に向き直ったんだ。おまえにも幸運をもたらすかもしれん。――おれは罪滅《つみほろ》ぼしをしに旅《たび》に出る。』」

ムルコニャ親方がこう話すと、フラピッチは叫《さけ》びました。

「ああ！　それはグルガだ！　そしてそれは、グルガのお母さんから、ぼくが預《あず》かって持っていった銀貨です。ああ、あのときのお母さんの涙《なみだ》は、むだではなかったんだ！」

「本当にむだではなかったな。いま、それは奇跡《きせき》を起こす銀貨になったんだから。」とムルコニャ親方はいいます。

「もしかしたら、それでムルコニャ親方がこんなにぼくにやさしいのかもしれない。いま、その銀貨《ぎんか》を持っているのだから。」とフラピッチはふと思いました。そう思うと、とてもうれしくなりました。それを知るまえは、二日間食べることも飲むこともできなかったというだけで、こんなにやさしくなったのだと思っていました。

ムルコニャ親方の話が終わりに近づき、こういいます。

「おれは、市では災難《さいなん》ばかりだ。これで二度目だよ。」

「一度目はいつだったんですか。」とフラピッチがたずねます。

「それはうちで話すよ。おまえはつまり、おれのところにもどるんだ、フラピッチ。おまえにはよくする。心配するな。もうこれ以上《いじょう》話はできないよ、腹《はら》が減《へ》って死にそうだ。ポケットに残《のこ》っていた、乾《かん》パンの端《はし》くれしか食べてないんだ。喉《のど》の渇《かわ》きは、小川でなんとかうるおしたが。」

そこで雲が通りすぎ、ふたたび月が明るくなりました。

ムルコニャ親方は、小さくてかわいい臆病《おくびょう》な小鳥のように、だまって静《しず》かにこしかけているギタを見ました。

「この子はだれだい？」と親方はたずねます。

「この子は、ぼくのようにお父さんもお母さんもいない、かわいそうな子なんです。ぼくたちは、いっしょに旅《たび》をしています。」とフラピッチは答えます。

「では、うちへ連《つ》れて帰ろう。」と親方がいうと、フラピッチは親方が悲しそうにため息をついたような気がしました。

とつぜんフラピッチは、ギタに大声でいいました。

「ああ、どれだけ時間がたってしまっただろう。ほら、月は明るいよ。マルコの家まで急ごう！」

「いっしょに行こう。」とムルコニャ親方はいいます。「おれもこの森はいやだ。こんなに急いでどこへ行くのか、とちゅうで話してくれ。」

マルコの家で

すぐに三人は、雑木林《ぞうきばやし》から出ました。ムルコニャ親方は、片方《かたほう》の手をフラピッチと、もう片方の手をギタとつないで歩きました。

そんなふうに月の光の中、野原を歩くのはとてもすてきなことでした。フラピッチは親方に、黒い男のことと、マルコの牛のことを話しました。

そうして道に出ると、もう近くにマルコの家が見え、すぐに着いてしまいました。家のまわりはとても静《しず》かで、悪いことは起きていないようでした。牛小屋からは、ベルの音が聞こえました。それは、あのきれいなまだらの牛が干草《ほしくさ》を食《は》み、扉《とびら》のところで鳴らしているベルの音です。

ああ、まにあったのです！　フラピッチはどんなにうれしかったことでしょう。黒い男はまだ、牛を連《つ》れだしていなかったのです。

それは夜明けまえでした。

マルコとお母さんはまだ眠《ねむ》っていて、家の中は静《しず》かです。

フラピッチが扉をノックすると、マルコのお母さんは、だれがきたのか見に出てきました。

フラピッチはなぜやってきたのか話し、牛を見張《みは》っているようにいいました。

マルコのお母さんはどういうことなのかわかると、天に向かって三回手をあげ、フラピッチをよこしてくれたことを神さまに感謝《かんしゃ》しました。

黒い男が牛を盗《ぬす》んでしまっていたら、お母さんとマルコには、ガチョウ十羽《わ》しか残《のこ》らないのです。ガチョウ十羽だけでは、母と子が生活することはできません。

「なんどお礼をいってもたりないくらいだよ、坊《ぼう》や。」とマルコのお母さんはいい、フラピッチを抱《だ》きしめました。

それからフラピッチはマルコのお母さんに別れを告《つ》げ、道で待っていたムルコニャ親方、ギタといっしょに出かけました。

マルコのお母さんは、すぐにいちばんいい服を着て役所へ行き、警備員《けいびいん》を連《つ》れてきました。

そのときから毎晩《まいばん》、役所の警備員がふたり、小さな家を見張《みは》るようになりました。役所の警備員はとても勇敢《ゆうかん》であるばかりか、遠くの音をよく聞きとり、遠くのものもよく見え、この人たちの見張《みは》るところでは悪いことは起こりません。

でも黒い男はその夜も、次の夜も、その次の夜もきませんでした。こうして、警備員が毎日三本ずつ吸《す》ったタバコが三十本にもなってしまうと、もう見張りにはこなくなりました。

何日かあとに、かご売りがフラピッチとギタに気をつけるようにいった、あの突《つ》きでた岩のところで、男の死んでいるのが見つかりました。たぶん、夜、倒《たお》れたのでしょう。その男は、黒いコートにくるまっていました。それは、悪に染《そ》まった人生を終えた、黒い男でした。

雲が月をおおってしまったとき、黒い男はたぶんあの岩のところを通り、倒れ、そして死んでしまったのでしょう。

あの雲が、雑木林《ぞうきばやし》にいるフラピッチとギタになんどもため息をつかせたあの雲が、このふたりとマルコのお母さん、そしてムルコニャ親方を救《すく》ったのです。その雲がなかったら、黒い男がそこらじゅうでまた、悪さをくりかえしたかもしれません。

だから、どんなときでもため息ばかりつかないように、ちょっと待ってみてください。

＊　＊　＊

このようにいま、危険《きけん》で困難《こんなん》なフラピッチの旅《たび》が終わろうとしています。これから先は、フラピッチにますます大きな喜《よろこ》びと幸運がおとずれますが、そんなことは八日まえ、ひとりで苦しみながら、夜の暗闇《くらやみ》の中で、ムルコニャ親方から逃《に》げる準備《じゅんび》をしていたときには、まったく想像《そうぞう》もつかなかったことでしょう。

【9】結末《けつまつ》

幸運と喜《よろこ》び

ムルコニャ親方とフラピッチ、ギタ、ブンダシュが、どのように街《まち》にもどり、どのように親方の家に着いたかは、お話しする必要はないでしょう。それはフラピッチにさえ、どうでもいいことですから。喜びにあふれている人は、旅《たび》のとちゅうでも、旅をしていることさえ忘《わす》れてしまうのです。

フラピッチはとちゅうで、赤いケシの花と白いヒナギクを摘《つ》んで、花束《はなたば》にしました。――特《とく》別《べつ》なことといったら、それだけでした。

こうして三人とブンダシュは親方の家に着き、庭に入っていきました。

ああ、思いがけなく、ムルコニャ親方とフラピッチとブンダシュを見た、奥《おく》さんの歓声《かんせい》といったら！　かわいそうに奥さんは、もうこのうちのだれにも会えないと思っていました。ムルコニャ親方が強盗《ごうとう》にあい、悪者《わるもの》たちに森へ連《つ》れていかれたと聞いて、もう死んでしまったものだとばかり思っていたのです。

頭には大きな黒いスカーフをかぶり、奥《おく》さんは泣《な》いてばかりいました。

ところがいま、みんながもどってきたうえ、小さなかわいい女の子もいっしょでした。奥さんはギタを喜《よろこ》びのまなざしでながめたので、ギタの心はとても和《なご》み、大きな幸運が待っているかのように感じました。

そしてみんなは、仕事場に入りました。さあ、心から再会《さいかい》を喜び、抱《だ》きあい、空腹《くうふく》を満たし、旅《たび》の疲《つか》れをいやす家族を、そっとしておいてあげましょう。

マリッツァ

すこし時間がたったころ、ムルコニャ親方、奥さん、フラピッチ、ギタはテーブルについていました。

おなかもいっぱいになり、ひと息ついたので、みんなおだやかな、幸福そうな顔ですわっていました。

ただ奥《おく》さんは、まだ悲しみと喜《よろこ》びの入《い》り混《ま》じったまなざしで、ギタを見ていました。

とうとう奥さんは、親方にいいます。

「いまごろわたしたちのマリッツァも、ギタと同じくらい大きいでしょうね。」

そして親方と奥さんはため息をつき、親方はフラピッチに話しました。

「むかし、市でわれわれにどんな災難《さいなん》が起きたか話すと約束《やくそく》したな。どういうことか聞いてくれ。八年まえ、われわれはほかの街《まち》に住んでいたんだ。マリッツァという名の小さなかわいい娘《むすめ》がいてな。三歳《さい》だったが——われわれの喜びだったんだよ。ある日、その街に市があったんだ。商品を持ってその市へ出かけたんだが、小さいマリッツァも連《つ》れていったんだよ。商品を売っていると、とつぜん市の人ごみの中で、子どもははぐれてしまったんだ。

われわれはさがしにさがした。でも子どもは見つからなかった。その日一日さがした。そのあと八日、一か月、そして一年さがしたんだ。でももう二度と、われわれの小さなマリッツァを見つけだすことはできなかった。その市には、世界中からいろいろな人がきていた。どんな悪いやつがわれわれの子どもを連れていってしまったのか、そしてどんなにあの子が、そしてわれわれも、それに耐《た》えてこなければならなかったのか、だれにもわからんだろう。親というのは、子どものどんな苦しみも感じるものなんだよ。——とうとう、そんな災難の起きた場所はもう見たくないと思い、その街《まち》から引《ひ》っ越《こ》したんだ。そしてそのときから、おれの心は凍《こお》りついてしまった。それで、かわいいフラピッチよ、おまえはうんと苦しんだな。でも、もう心をあらためよう。おまえのやさしさがなかったら、グルガはけっしてよい人間にならず、おれが逃《に》げるのを助けたりはしなかっただろうからな。」

ムルコニャ親方がフラピッチに感謝《かんしゃ》しはじめると、フラピッチは慣《な》れないことなので、どこに目をやっていいのかわかりませんでした。照《て》れくさくなって耳の後ろをかいたり、身をかがめて、赤いそででブーツをふいたりしはじめました。

ついに、照れくさく思いながらも、フラピッチはたずねました。

「いまはもう、小さいマリッツァをさがしだせるとか、会えばその子だってわかるということはないのですか。」

「もうむりよ。」と奥《おく》さんはため息をつき、ほおをつたう涙《なみだ》をふきました。「でも、いつでもその子だってことはわかるわ。」

「そのときはまだそんなに小さかったのに、どうやってわかるんですか。」とこんどはギタがたずねましたが、やさしい奥さんが悲しんでいるのを見て、いまにも泣《な》きだしそうでした。

「わかるわ。」と奥さんは答えます。「マリッツァがまだとても小さかったとき、ナイフをつかんで、親指を切ってしまったの。いまでも親指に傷跡《きずあと》があるはずよ。それは十字架《じゅうじか》のように見えるの。」

ああ、なんということでしょう！　こんなに何年もたってから、母と子が再会《さいかい》することができたのです！　どれほど夢《ゆめ》にみた瞬間《しゅんかん》でしょう！

ギタが、その小さなマリッツァだったのは確《たし》かです。親指にその傷跡があるのですから。

「ああ、お母さん！　あたしのお母さん！　やさしいお母さん！　あたしがあなたのマリッツァです！」とギタは叫《さけ》び、奥《おく》さんの腕《うで》の中に飛びこみました。

「わたしのマリッツァ！　わたしの大切な子！」と奥さんは、喜《よろこ》びのあまり泣《な》きながら、我《わ》が子《こ》を抱《だ》きしめました。

二回も三回も、そして十回も、母と子は抱《だ》きあいました。部屋からは喜びの涙《なみだ》にむせぶ声、そのほかはなにも聞こえませんでした。

ムルコニャ親方はギタに近づき、ギタのかわいい頭に手をのせると、うれしくてなんといっていいのかわかりませんでした。この小さい部屋は、幸福の金色の光だけに照《て》らされているようでした。

小さなやさしいフラピッチは、教会にいるような気がしました。静《しず》かに立って目をふせ、手を合わせました。そうせずにはいられなかったのです。

みんなはそのあと長いあいだその場を動かず、おしゃべりをしていました。ギタは、お母さんのひざからお父さんのひざへ移《うつ》りました。両親はギタがますますかわいくなり、ギタもますます甘《あま》えました。

親方も奥《おく》さんも、いまはもちろん「マリッツァ」と呼《よ》んでいます。でもわたしたちは新しい名前に慣《な》れるのが大変《たいへん》なので、この本のさいごまで「ギタ」と呼びましょう。

フラピッチもいいました。

「ぼくはこれからもギタと呼ぶよ。『ギタ』っていうと、いっしょに体験《たいけん》したいろいろなできごとすべてが、目の前に見えるような気がするんだよ。でも『マリッツァ』といっても、なにも感じないんだ。まるでなんにもいっていないかのようにね。」

「いろいろなことがあったんだな、かわいいフラピッチ。」と親方がいいます。「だれがあの市でうちのマリッツァを連《つ》れていったのか、そしてだれがサーカスの団長《だんちょう》に渡《わた》したのか、けっしてわかることはあるまい。でも、おれから商品をうばった、そしておまえがいうように、盗《ぬす》んだ黒馬をサーカスに連れていった、あの黒い男かもしれないな。とにかくおまえがいなかったら、マリッツァはけっしてわれわれのところにもどらなかっただろう。」

「そんなにほめないでください。」とフラピッチ。「親方がぼくにそんなに厳《きび》しくなかったら、決して逃《に》げだしたりはしなかっただろうし、ギタを見つけることもできなかったでしょう。これは親方の手柄《てがら》だったのかもしれません。だれのおかげかなんて、けっしてわかりませんよ。」

フラピッチのいう通りでしょう。人が人をほめるとき、それが本当に正しいかどうかはわかりません。だからいちばんいいのは、どちらの人も神さまに感謝《かんしゃ》することです。親方とフラピッチもそうしました。

次の日の朝、まずフラピッチとギタは、親方と奥《おく》さんに新しい服を買ってもらいました。そしてそのあと、みんなはきれいに身なりを整えて、教会へ向かいました。教会に入ると、どの窓《まど》にも喜びの日の光が輝《かがや》いていました。それは神さまが、自分の授《さず》けた幸福を喜んでいるかのように見えました。

フラピッチの相続《そうぞく》した遺産《いさん》

教会から帰ってくると、フラピッチはいいました。

「ぼくにはまだ、しなければならないことがあります。親方、どうか三十分だけ出かけさせてください。」

親方は行かせてやりました。もう、フラピッチが緑のズボンをはいてケロケロいっていたことは、まったくちがうのですから。

フラピッチは、あの赤いケシと白いヒナギクの花束《はなたば》を持ってきました。「これは、ぼくがある人に約束《やくそく》したことなんです。」

いま、みなさんにもフラピッチの誠実《せいじつ》さがわかるでしょう。たくさんの危険《きけん》と苦難《くなん》の旅《たび》だったにもかかわらず、あのお手伝いさんとの約束を忘《わす》れてはいなかったのです。牛乳屋《ぎゅうにゅうや》の老人《ろうじん》のために、お手伝いさん自身《じしん》が下まで牛乳をとりにいけば、花を持ってくるといったことを。

フラピッチは花束を持って、街《まち》の中を歩きました。そして、すぐにあの高い建物《たてもの》を見つけました。四階にあがり、玄関《げんかん》の呼《よ》び鈴《りん》を鳴らします。

お手伝いさんが扉《とびら》を開けると、あのはでだったフラピッチが、いまはこんなにきちんとした格好《かっこう》をしているのを見て、びっくりしました。それでもすぐに、フラピッチだとわかりました。人は服装《ふくそう》ではなく、目でその人だとわかるのです。

「お嬢《じょう》さん、約束の花を持ってきました。」といってフラピッチは、ケシとヒナギクの花束をさしだしました。

「ああ、あなたって本当に誠実《せいじつ》なのね、坊《ぼう》や。」とお手伝いさんはいい、「そして運がいいわ。ここに坊やあての手紙がきているのよ。花を持ってきてくれなかったら、けっして渡《わた》せなかったわ。」

フラピッチは旅でいろいろな経験《けいけん》をしましたが、手紙を受けとったことは、生まれてからいちどもありませんでした。

ですから、お手伝いさんが部屋から大きな封筒《ふうとう》を持ってきて話したことには、びっくり仰天《ぎょうてん》してしまいました。

「この手紙は、ある男の子が持ってきたの。牛乳屋《ぎゅうにゅうや》のおじいさんは、年のために亡《な》くなったそうよ。この手紙は、死ぬまえに頼《たの》んでおいたものなんですって。見習い職人《しょくにん》フラピッチがわたしのところへ花を持ってきたら、これを渡すようにって、その子がおいていったの。」

お手伝いさんはこう話しましたが、フラピッチは手の中で手紙をひっくりかえしながら、立ったまま考えこんでしまいました。どうしたらいいのかよくわからず、手紙も、花といっしょにお手伝いさんにあげてしまおうか、とも考えました。

「でも、それじゃあ意味がない。」と考え直しました。「手紙は見習い職人フラピッチあてになっていて、それは世界中でぼくひとりだけなんだから。」

そこでフラピッチは決心し、急いで手紙の封《ふう》を切りました。

これでよかったのです。手紙に不安《ふあん》を抱《いだ》く人には、同じことをさせましょう。封を開けないうちは、そしてなにが書いてあるのかわからないうちは、どんな手紙でもますます不安《ふあん》になってしまいますから。

でも、これはとてもよい手紙でした。大きな字で、こう書いてありました。


子どもがなく、親類《しんるい》も名付け親もいない牛乳屋《ぎゅうにゅうや》の老人《ろうじん》は亡《な》くなりました。死の床《とこ》で、見習い職人《しょくにん》フラピッチを思いだし、自分の荷車《にぐるま》とロバを残《のこ》しました。この残された遺産《いさん》を取りに、通行税徴収所《つうこうぜいちょうしゅうじょ》の横に立つ、老人の生前の家を訪《おとず》れるよう、見習い職人フラピッチにお願《ねが》い申《もう》しあげます。


手紙の上と下に、まだなにか字と数字が書いてありました。これはきっと、宛名《あてな》と署名《しょめい》でしょう。でもフラピッチは、これをそのときも、後になってからも読みませんでした。荷車とロバを相続《そうぞく》するのだとわかると、だれが知らせてくれたかなど、もうどうでもよかったのです。

フラピッチの心はいま、感謝《かんしゃ》の気持ちでいっぱいでした。

「ああ、あのおじいさんはなんていい人だったんだろう！　本当にお礼がしたいよ！」とフラピッチは叫《さけ》びました。「ギタとぼくがロバを大切に世話するところを、おじいさんにひと目でも見せることができたらなあ！　さようなら、さようなら、お嬢《じょう》さん。ギタによい知らせを早く届《とど》けたいので、急いで帰ります。」

フラピッチは階段《かいだん》をかけおりようとしました。

ところがそこへ、部屋から年とった品のいい婦人《ふじん》が現《あらわ》れました。お手伝いさんは、この婦人に仕《つか》えているのでした。婦人は黒い絹《きぬ》のワンピースを着て、頭には白い縁《ふち》なし帽《ぼう》をかぶっていました。

お手伝いさんから、フラピッチがとてもいい子で、ふつうの子とはちょっとちがうということを聞いていた婦人は、フラピッチを養子《ようし》にとり、上流階級《かいきゅう》の学校で学ばないかといってくれたのです。

しかしフラピッチは帽子《ぼうし》をとり、品のいい婦人に近づき、その手にキスをしていいました。

「ぼくは、靴屋《くつや》のままでいます。この仕事がいちばん好《す》きなんです。」

そのあとさらに、フラピッチはいいます。

「とにかく、靴をだめにする人の方が、靴を作る人より多いのですから。」

品のいい婦人《ふじん》は笑《わら》い、フラピッチにとって靴屋《くつや》をやめることなど考えられない、ということを理解《りかい》してくれました。フラピッチはもういちど婦人の手にキスをし、うれしさでいっぱいになって、手紙を手に階段《かいだん》をかけおりました。

本当にフラピッチは、靴屋の仕事が好《す》きでした。でもこのとき、じつは、自分よりロバのことを考えたのでした。どう見てもこの婦人のところには、ロバのための場所がありませんでしたから。

フラピッチは道を急いだので、すぐに家に着きました。

「靴をロバで運びましょう！」着くなり玄関《げんかん》でこう叫《さけ》んでしまいました。それから手紙を見せて、なにがあったのかをみんなに話しました。

その日の午後、ギタとフラピッチは、ロバと荷車《にぐるま》をとりに出かけました。

目印《めじるし》がなかったら、老人《ろうじん》の小さな家を見つけるのは、そうかんたんなことではなかったでしょう。でも手紙に、街《まち》の通行税徴収所《つうこうぜいちょうしゅうじょ》の横だと書いてあり、徴収所には遮断機《しゃだんき》が高くそびえ立っているので、すぐにわかりました。

フラピッチが手紙を見せると、以前《いぜん》老人といっしょに住んでいたという人たちが、ロバと荷車を持ってきてくれました。

ギタとフラピッチがロバに乗って街《まち》を歩いている姿《すがた》は、一見の価値《かち》がありました。

これはうきうきするほど楽しく、ギタは金色のラッパがないことをとても残念《ざんねん》がりました。

それがあればいま、ロバの背中《せなか》でふいていけるでしょう。サーカスで育ったことの名残《なごり》が、まだまだありました。

でもすぐに、フラピッチはいってやりました。ムルコニャ親方の娘《むすめ》には、ロバに乗ってラッパをふきながら街《まち》を通るなんてにあわない、と。

こうしてふたりはとちゅうずっと、小さな声ではあるけれど、楽しく歌をうたいながら、ぴんと耳を立てたロバに鞭《むち》を打っていきました。

ムルコニャ親方の家の前までくると、フラピッチはうれしさを隠《かく》しきれず、荷車《にぐるま》から飛《と》びおり、自分の帽子《ぼうし》を高く放りなげました。そして玄関《げんかん》の扉《とびら》にかけより、首だけ中に入れ、あらんかぎりの声で叫《さけ》びました。

「ただいま!　ロバだよ!」

「まあフラピッチ、あなた、ロバだったの!」とギタは笑《わら》います。

もちろん、フラピッチが「ロバだよ。」といったのは、自分のことをいっているのではないのはみなさんにもわかるでしょうが、お茶目《ちゃめ》なギタは、そういってフラピッチをからかい、ふたりは笑《わら》いました。

もうこのようなまちがいをしないように、ロバにはすぐに「ココダン」という名がつけられました。

陽気で楽しそうにロバに乗っているギタとフラピッチを見た、ある女の人はいいました。

「ああ、子どもがいつまでも、小さいままでいられたらいいのにね。」

「そうしたら、みんな一生《いっしょう》同じ学年でいなければなりませんよ。」とフラピッチはいいます。

「そんなこと、先生が許《ゆる》してくれるはずがないですから、困《こま》りますよ。だから、いまは遊んでいるけど、やっぱりおとなになった方がいいんです。」

終わりに

やはり、そうなりました。
フラピッチとギタは、大きくなったのです。そしてフラピッチは靴屋《くつや》になり、ギタはむかしサーカスにいたことを忘《わす》れてしまいました。でもただいちどだけ、そのことを思いだしたことがあります。

何年ものちに、この街《まち》にサーカスがやってきたので、ムルコニャ親方は日曜日、家族を連《つ》れていきました。

そこで、ひとりのきれいな小さい女の子が、白い馬に乗ってサーカスに入っていくのを、ギタはふと目にしました。その馬は、ソコでした。女の子は、むかしのギタのように小さくかわいい子でした。ソコも以前《いぜん》のように、おとなしくてよい馬でした。ただすこし白髪《しらが》になり、まえよりもっと白く見えました。人間ほど心配ごとがあるわけではないけれど、馬も白髪になるのでした。ギタは、オウムも見ました。ソコもオウムも、新しい団長《だんちょう》のもとで、とても元気なのがわかりました。

むかしの団長は、ギタが逃《に》げだしてからまもなく病気になり、自分の罪《つみ》を認《みと》め、静《しず》かに死にました。罪をおかした人としては、もっともよい死にかたでしょう。

＊　　＊　　＊

おとなになると、ギタとフラピッチは結婚《けっこん》しました。そして、年を取ったムルコニャ親方のあとをつぎました。

ギタとフラピッチには、四人の子どもと、見習い職人《しょくにん》が三人いました。

日曜日の午後には、見習い職人と子どもたちがふたりのまわりに集まり、ふたりは「見習い職人フラピッチの旅《たび》」を話してやるのでした。

あのブーツはそれからもずっと、大きな戸棚《とだな》の上の小さなガラスのケースの中に入っていて、見たい人はだれでも見られるようになっています。

もうこれでお話が終わってしまうので残念《ざんねん》な人は、もういちどさいしょから目を通して、フラピッチが旅のとちゅうで助けた人びとを数えてみてはいかがでしょう。小さく、小鳥のように陽気なフラピッチ、英雄《えいゆう》クラリェヴィッチ・マルコのように勇敢《ゆうかん》で、本のようにかしこく、お日さまのようによい子のフラピッチが助けた人びとを。

訳者《やくしゃ》あとがき

『見習い職人《しょくにん》フラピッチの旅』は、子どもから大人にまで愛《あい》されている、クロアチア人なら誰《だれ》でも知っている物語です。そしてクロアチアでは、誰《だれ》に尋《たず》ねてもこの本の評価《ひょうか》はすばらしく、私が日本の子ども達《たち》のために翻訳《ほんやく》していることを知った人達から、この本を取りあげたというだけで賞賛《しょうさん》の声まであがりました。これほどの地位を得《え》たクロアチア児童文学《じどうぶんがく》は、他に類《るい》を見ないといっても過言《かごん》ではないでしょう。ですから、クロアチアの学校で必読図書のひとつになっているのも、当然《とうぜん》のことです。だからまた、どんな子どももこの本を読む機会《きかい》をもち、ますます人気を博《はく》しているのです。

近年、この物語のアニメ映画《えいが》ができたことも、その人気の証《あかし》です。カンヌ映画祭では第一話が上映され、ヨーロッパ各国で注目されるようになり、何十万というビデオが売れた国もあります。クロアチアの隣国《りんごく》、ボスニア・ヘルツェゴヴィナのテレビでも、シリーズで放映されました。

日本では子どもの活字離《ばな》れについてよく耳にしますが、子どもの遊びの中にテレビゲームやパソコンがかなりの位置《いち》を占《し》めているのは、クロアチアでも同じです。しかし、本にたいする関心《かんしん》、人気はまだまだ高く、とくに高い評価《ひょうか》を得《え》ている本は、どんな子も一度は読んでいるようです。

また、最近独立《さいきんどくりつ》したばかりの国ということもあり、子どもも大人も、クロアチア人作家による文学をとても大切にしています。自分達《じぶんたち》の言葉についても、みんなが関心《かんしん》を持って注意を払《はら》っており、旧《きゅう》ユーゴスラヴィア時代に他言語《たげんご》と混《ま》ざってしまったクロアチア語を、純粋《じゅんすい》のものに戻《もど》そうとする動きは、生活の中のどんな場面にも見られます。外国語をいたずらに乱用し、自国の言語のなかにもきちんと存在《そんざい》する言葉まで外国語を使ったり、誤《あやま》った使い方をしたり、使う人も聞く人も意味をきちんと把握《はあく》していない、という本来の機能《きのう》を失いかけてしまった言葉をむやみやたらに増《ふ》やしているどこかの国とは大違《おおちが》いです。

最後《さいご》に、クロアチア文学をすこしでも多く日本に紹介《しょうかい》してほしいという願《ねが》いから、翻訳《ほんやく》は何年も前にしてあったにもかかわらず、出版《しゅっぱん》になかなか踏《ふ》み切《き》れなかった私の背中《せなか》を押《お》してくださった、前在《ぜんざい》日《にち》クロアチア大使、ドラゴ・ブヴァッチュ氏と、クロアチアでいろいろお手伝いくださった故《こ》ミリアナ・ヴケリッチさん、ズラトコ・ヴケリッチさんご夫妻《ふさい》に感謝《かんしゃ》いたします。そして、この方々の願い通り、すこしでも多くの日本のみなさんに読んでいただけたらと思います。

山本郁子《やまもといくこ》

イワナ・ブルリッチ＝マジュラニッチ（Ivana Brlić-Mažuranić）
一八七四年四月一八日、オグリンで生まれる。一九三八年 ザグレブにて死去。
ユーゴスラヴィア科学芸術アカデミー、
現在のクロアチア科学芸術アカデミー会員となった最初の女流作家。
幼少より、独仏などの外国語の教育をうけて育ち、
これを生かしてヨーロッパ児童文学作品の翻訳を多く手がけた。
自身の作品には、スラヴ民族の神話や伝説に取材した物語が多く、
クロアチアのアンデルセンとも称される。
『見習い職人フラピッチの旅』と『昔むかしの物語』で、二度ノーベル賞候補に上がる。
『見習い職人フラピッチの旅』は、一九一三年に初版が出版されて以来、
なんども出版が繰り返され、『昔むかしの物語』とともに、何か国語にも翻訳されている。

訳者▼山本郁子（やまもと　いくこ）
一九八〇年代、旧ユーゴスラヴィアを訪問し、特にクロアチアとそこの人々に魅せられ、リエカ市に住みつく。リエカ市のための通訳、翻訳をする一方、
クロアチアに住む外国人として、現地の新聞や雑誌に様々な記事を定期的に寄稿。
クロアチア・ラジオ第一放送では、「おやすみまえのお話」にシリーズで出演し、
様々な日本の子どもの習慣や風習について語る。日本でも、
通訳、翻訳に従事する傍ら、クロアチアの雑誌に寄稿を続ける。
翻訳書：『ぼくのうちは殺された』（彩流社）、クロアチアの民話『海岸地方の物語』（リエカ市、川崎市共同出版）、『海のなかはおおさわぎ』（アダミッチ）、『昔むかしの物語』（冨山房インターナショナル）、『なぞの少年』（冨山房インターナショナル）、『ココと幽霊』（冨山房インターナショナル）ほか。

画家▼二俣英五郎（ふたまた　えいごろう）

一九三二年北海道小樽に生まれる。絵本、さし絵の世界で活躍。

主な作品に、『こぎつねコンとこだぬきポン』『ゆきのよる』（共に童心社）、

『とりかえっこ』（ポプラ社）、『ねずみのよめいり』（教育画劇）、

『嵐の中の子守歌』（PHP研究所）、『ねんねこさい』（新日本出版社）、

『ありがとうシンちゃん』『子どものすきな神さま』『太郎とクロ』（小峰書店）等多数。

おはなしメリーゴーラウンド
見習い職人フラピッチの旅

2006年4月24日　第1刷発行
2025年2月20日　第19刷発行

作　イワナ・ブルリッチ＝マジュラニッチ
訳　山本郁子
絵　二俣英五郎
装　幀　柏木早苗
発行者　小峰広一郎
発行所　株式会社 小峰書店
〒162-0066 東京都新宿区市谷台町4-15　TEL03-3357-3521　FAX03-3357-1027
組　版　株式会社 タイプアンドたいぽ
印　刷　株式会社 厚徳社
製　本　株式会社 松岳社

ISBN978-4-338-22201-3
NDC989.2　183p　21cm

https://www.komineshoten.co.jp/

原著：Ivana Brlić-Mažuranić: Čudnovate zgode šegrta Hlapića